파국 破局

• 시월이일은 해와달 출판그룹의 단행본 브랜드입니다.

파국 破局

도노 하루카 지음 | 김지영 옮김

시월이일

눈이 마주치고, 그가 공포를 느끼고 있다는 걸 알았다. 내가 여기까지 커버하러 오리라고는 예상하지 못했을 것이다. 근육이 붙은 정도는 나쁘지 않다. 키도 나보다 조금 더 크다. 어째서 더 자신 있게 싸우지 않는 걸까. 나를 이기고 싶은 생각이 없는 걸까. 분노가 치밀어 확실하게 쓰러뜨리기로 했다.

나를 피하려고 내디딘 그의 스텝은 그저 스피드만 떨어뜨렸을 뿐 전혀 효과적이지 않았다. 나는 그의 몸의 중심부를 정확하게 붙잡았다. 그 충격으로 그가 손에서 공을 놓쳤다. 그대로 밀고 나가 쓰러뜨렸다. 휘슬이 울리며 플레이가 멈췄고, 이로써 공은 우리 팀의 손에 들어왔다. 누구든 언젠가는 쓰러지지만, 공만은 반드시 지켜야 한다. 나중에 따끔하게 일러둘 필요가 있겠다.

플레이가 다시 시작되고, 몇 번째인가의 공격에서 센터가 디펜스라인을 돌파했다. 커버하러 온 적에게 붙잡혔지만 아직 쓰러지지는 않았다. 나는 뒤쪽에서 달려들어 그의 팔을 통째로 비틀어버릴 기세로 공을 빼앗았다. 이 한 번의 플레이로 적을 몇 명이나 따돌렸다. 내 앞에는 적이 한 명밖에 남아 있지 않았다.

그가 민첩하게 피할 것 같아서 쓸데없는 스텝은 밟지 않기로 했다. 방향만 조금 바꿔서 스피드를 실은 채로 돌진했다. 그가 내게 몸을 부딪쳤지만 자세가 높아서 그다지 힘이 실리지 않았다. 나를 막고 싶다면 더 낮은 위치를 공략해야 한다. 그를 튕겨낸 뒤 그 기세를 몰아 앞으로 달려 나갔다.

대각선 뒤쪽에서, 이번에는 다른 적이 따라붙었다. 속도만 놓고 보면 현역에서 물러난 지금의 나보다 훨씬 빨랐다. 하지만 몸이 아직 만들어지지 않았다. 가슴 근처를 손으로 치자 금세 균형을 잃었다. 너무나도 간단해서 무언가 잘못을 저지른 기분이었다. 어째서 내가 이런 기분을 느껴야 하는 걸까. 분명 지금은 이런 플레이를 하는 사람이 팀에 없어서 익숙하지 않은 것이다. 강한 팀일수록 팔을 잘 사용하니까 그에 대응할 수 있어야 한다.

달리면서 우리 팀을 향해 소리를 질렀다. 쫓아오는 건 적들뿐이었고, 가까이에 공을 넘길 수 있는 우리 편이 아무도 없었기 때문이다. 조금 속도를 줄이며 기다려봤지만 여전히 적이 더 가까웠다. 대충 붙잡힌 뒤 몸싸움을 하지 않고 먼저 쓰러졌다. 누군가가 돌파할 때는 당연히 다른 선수가 서포트를 하러 달려와야 하며,

이런 상황을 상정한 연습도 했을 터였다. 연습 하나하나의 의미를 이해하지 못한 채 그저 기계적으로 소화했던 걸까. 이 점에 대해서도 나중에 따끔하게 지도할 필요가 있겠다.

연습이 끝나고 사사키의 차에 탔다. 늘 그랬듯 사사키네 집에서 고기를 얻어먹기 위해서다.

사사키네 집에 가려면 국도를 타야 했다. 그런데 생각해보면, 언젠가 사사키가 국도라고 하는 걸 들었을 뿐 진짜 국도인지 확인한 적은 없었다. 차가 멈춰서 왼쪽을 보니 옷을 입은 하얀 치와와가 걸어가고 있었다. 내가 모를 뿐이지 치와와는 원래 다 하얀 건지도 모른다.

치와와는 네 개의 짧은 다리를 바삐 움직이면서, 앞을 보는 대신 고개를 돌려 내 얼굴을 뚫어져라 바라보았다. 차창 유리가 우리 사이를 가로막고 있었다. 내가 쳐다보니까 치와와도 나를 보는 거라는 생각에 고개를 앞으로 향했다. 앞차는 네모나게 보였고, 커다란

쥐 인형 역시 나를 바라보고 있었으며 번호판에는 '치' 라고 적혀 있었다. 왼쪽을 보자 치와와가 아직도 나를 바라보고 있었다. 아까보다 조금 더 앞으로 가 있었는데, 목을 부자연스러울 만큼 비틀어서까지 이쪽을 보고 있었다. 그러다 차가 움직이기 시작하자 치와와는 금세 시야에서 사라졌고, 나는 더 이상 치와와를 걱정하지 않아도 됐다.

사사키네 집에 도착해서 고기를 먹기 전에 샤워를 했다. 선수 시절에는 그렇게 신경 쓰이지 않았는데, 지금은 무엇보다 먼저 샤워를 하지 않으면 찝찝해서 견딜 수가 없다. 그때는 바디 물티슈로 몸을 대충 닦아내고 학원에 갔었다. 지금 같으면 상상할 수도 없는 일이다. 땀 냄새는 주위 사람들에게도 폐가 된다.

"이제 먹어도 되겠어."

머리를 말리고 거실로 나가자 철판 위에서 고기가 구워지고 있었다. 사사키의 부인이 분주하게 손을 놀

렸고, 사사키는 자리에 앉아서 느긋하게 맥주를 마시고 있었다. 텔레비전에서는 남성 경찰관이 강제추행 혐의로 체포되었다는 뉴스가 흘러나오고 있었다. 달리는 도카이도선 열차 안에서 여성의 속옷 안으로 손을 집어넣었다고 한다. 범죄자가 붙잡히는 건 좋은 일이다. 죗값은 치르게 해야 한다. 잘 먹겠습니다, 하고 말한 뒤 고기를 먹었다. 여느 때처럼 고기는 맛있었다.

사사키의 부인이 내게 미소를 지었고, 사사키는 맛있는지 물었다. 이 두 사람이 딱 우리 부모님 나이 또래라는 걸 떠올렸다.

"올해는 어떤 신입생이 들어올지 기대되네요."

맥주잔을 들고 사사키의 부인이 따라주는 맥주를 받으며 말했다. 이렇게 고기와 술을 대접받는 이상, 내 쪽에서 무언가 화제를 제공하는 게 매너일 것이다.

사사키는 맥주를 마시며 크게 고개를 끄덕였다.

"3학년이 빠지면서 몸집 큰 녀석들이 많이 없어졌

잖아. 그런 애가 들어왔으면 좋겠군. 요스케는 결코 큰 키는 아니어도 근육은 처음부터 굉장했지. 나도 이 동아리를 맡은 지 벌써 6년이 다 됐지만, 역시 요스케는 좀 남달랐어. 몸도 몸이지만, 처음부터 상대한테 달려들 때 주저하는 기색이라곤 전혀 없었거든. 지금도 기억해, 요스케가 임시 입부생으로 왔던 날 말이야. 연습 도중에 비가 엄청나게 쏟아졌잖아. 운동장이 질척거려서 오늘은 철수하자고 했는데도 요스케는 절대 그만두려고 하지 않았어. 온몸이 진흙투성이가 된 채, 한눈팔지도 않고 몇 번이고 태클백을 향해 달려들었지. 갓 태어난 새는 맨 처음 본 걸 부모라고 생각하고 따라다닌다는 이야기를 들은 적이 있는데, 끈질기게 태클백으로 달려드는 네 모습을 보니 왠지 모르게 그 이야기가 떠오르더군. 새가 부모에게 태클을 하진 않겠지만 말이야. 당시 난 고문을 맡은 지 얼마 안 돼서 아는 게 전혀 없었을 때라, 미안하지만 머리가 좀 이상한 애

아닌가 생각했었어. 미안한 얘기지만. 다른 1학년들도 널 좀 꺼려했었지. 우리 학교는 공립이고, 까놓고 말해서 스포츠 엘리트가 모일 만한 학교는 아니야. 중학교 때부터 이 운동을 했던 애들은 거의 없어. 그래도 요스케 같은 인재가 매년 없진 않거든. 그런데 그런 애들은 야구부에서 다 데려가버린단 말이지. 올해는 그런 애를 좀 확보하고 싶군. 팀은 역시 강한 편이 좋아. 다른 부나 다른 학교의 고문이 우쭐해하는 꼴을 안 봐도 되고 말이야."

사사키가 이를 보이며 웃었다. 이는 그리 희지 않았다. 사사키의 부인도 웃고 있었다. 사사키 부인의 이는 사사키보다 좀 더 누렜다. 그들 정도의 나이가 되면 사람의 이는 자연스럽게 누레지는 걸까. 그렇다면 우울한 일이다. 아이가 없는 이 부부는 저녁식사를 하면서 무슨 이야기를 나눌까. 나는 고기를 먹고 숙주도 집어 먹었다. 그리고 밥도 먹었다. 고기만 먹을 수 있다면 행복하겠지만, 고기만으로 배를 채우는 건 매너에 어긋나는 일이라는 생각이 들었다.

○

"이제 볼까?"

사사키가 내 왼쪽 어깨를 툭 치고는 리모컨을 집어 들었다. 텔레비전에서 경기 영상이 흘러나왔다. 나의 은퇴 경기였다. 사사키는 걸핏하면 이 영상을 보여주고 싶어 한다. 우리 부의 역사에 남을 훌륭한 게임이었다는 것이다. 이 경기에서 우리 팀이 최선을 다한 건 확실하다. 우리는 마음을 굳게 먹고 끝까지 싸웠다. 그러나 상대는 훗날 전국대회에 진출한 팀으로, 그들과 준준결승에서 만났으니 이제 와 생각하면 뽑기 운이 나빴다.

적이 주력 멤버를 내보내지 않아서, 나는 시합이

시작되기 전부터 열이 받은 상태였다. 자기들이 나설 만한 수준이 아니라며 거만하게 앉아 있는 녀석들을 어떻게든 끌어내서, 나온 걸 후회할 만한 태클을 먹이고 싶었다.

그러나 우리는 마지막까지 상대 팀의 스타 선수들을 끌어내지 못했고, 끝나고 보니 결코 적지 않은 차이로 점수가 벌어져 있었다. 이게 과연 좋은 게임일까.

"분명 상대 팀은 스타 멤버를 아꼈어. 그래도 그들 중 누구도 우리를 얕보지 않았지. 특히 요스케는 만만치 않은 선수로 의식했을 거야. 자, 여기 봐. 이제 나온다."

스크럼 속에서 공이 나온다. 적의 스탠드오프가 패스를 받는다. 이 선수는 주전은 아니지만, 솔직히 말해서 무척 우수한 플레이어였다. 판단이 적확하고 빨랐으며 높은 경기 아이큐가 엿보였다. 키는 백팔십이 좀 넘었을 것이다. 팀의 사령탑이면서 몸도 완벽하게 단련

되어 있었다. 주위 상황을 잘 살리면서도 찬스라고 생각되면 직접 돌파를 시도했다. 킥은 정확했고, 디펜스도 소홀히 하지 않았다.

그가 더미패스로 우리 팀 스탠드오프의 안쪽을 돌파한다. 나는 사전에 다른 학교와의 경기 영상을 수없이 보며 적을 꼼꼼히 연구했다. 이 선수는 한 경기에서 몇 번씩은 더미패스를 시도하면서 직접 달려 나간다. 분명 우리와의 경기에서도 시도할 것 같았고, 그때는 반드시 후회하게 해주리라 결심했다. 영상 속의 나는 단번에 속도를 높여 사각에서부터 덤벼든다. 이때의 나는 내가 봐도 빨랐다. 그는 필시 태클을 당하기 직전까지 내 존재를 눈치채지 못했을 것이다. 나는 순조롭게 그를 쓰러뜨리고 공을 되찾았다. 팀원들이 몇 명 달려와 내 몸을 세게 두드렸다. 의미 없는 행위지만, 그때는 나쁘지 않은 기분이었다.

그러나 이 플레이가 우리의 피크였다. 나는 이 한

번의 플레이로 적의 스탠드오프를 쓰러뜨릴 작정이었다. 하지만 근육 갑옷을 몸에 두른 그는 금세 다시 일어났고, 아무렇지 않게 플레이를 계속했다.

흐름은 바뀌지 않았고, 그 뒤로도 일방적으로 밀리는 플레이가 이어졌다. 분명 우리는 끝까지 끈질기게 태클을 계속했다. 사사키는 아마 그 점을 높이 평가하여 좋은 게임이라고 말한 것이리라. 그러나 우리는 상대를 위협할 만한 공격을 거의 하지 못했다.

"나는 이 경기가 참 좋았어. 다들 몸을 던져서 지키잖아. 어차피 쫓아갈 수 없다고 포기하려는 녀석이 한 명도 없어. 어른이 되면 말이야, 어떻게 하면 대충 할 수 있을까, 그런 것만 생각하게 되거든. 그래선지 눈부시더라고."

사사키는 어느새 눈물이 그렁해져 있었다. 그 모습을 보자 흥이 깨진 나는 한동안 고기를 먹는 일에 집중했다. 고기는 맛있었고, 역시 사사키에겐 감사해야 할 것이다.

우리 팀은 사사키가 고문을 맡은 이후부터 강해졌다. 그전까지 우리 고등학교는 준준결승까지 진출한 적이 없었다.

당시에는 직접 경기를 해본 적도 없으면서 우리를 몰아붙이는 사사키에게 분노를 느끼기도 했다. 당신이 직접 해보라고 쏘아붙이고 싶은 적도 있었다. 지금은 그렇게 훈련하길 잘했다고 생각한다. 역시 스포츠는 이겨야 재미있고, 진지하게 해야 얻는 것도 크다.

내게 코치를 맡긴 사사키의 기대에 부응하고 싶었다. 올해야말로 우리 팀을 창립 이래 첫 준결승 진출로 이끌고, 가능하다면 그 너머의 경치도 보여주고 싶었다.

○

침대에서 빠져나와 알람시계를 껐다. 평소처럼 푹

잘 잤다. 걱정거리 때문에 잠을 못 이룬다는 얘기들을 들으면 이해가 안 된다. 생각하지 않아도 될 일을 생각하면서 스스로의 목을 조르는 꼴 아닌가.

텔레비전의 전원을 켜자, 전 여자친구의 집에 침입해 속옷을 훔친 혐의로 남성 경찰관이 체포되었다는 뉴스가 흘러나왔다. 나는 갑자기 타인을 위해 기도하고 싶어졌다. 지금까지 경험해보지 못한 기분이었다. 이 기회를 놓치면 두 번 다시 이런 식으론 생각할 수 없을지도 모른다.

서둘러 다시 침대로 돌아갔다. 똑바로 누워 가슴 위에서 양 손가락을 단단하게 깍지 낀 뒤, 교통사고로 죽는 사람이 없기를 빌었다. 과로로 몸과 정신이 망가지는 사람이 없기를 빌었다. 치매로 자식의 얼굴과 이름을 잊어버리는 사람이 없기를 빌었다. 모든 수험생이 올봄부터 바라던 학교에 갈 수 있기를 빌었다. 어떠한 꿈을 이루기 위해 노력하는 사람이 있다면, 그 꿈이 오늘에라도 다 이루어지면 좋겠다. 그러나 소원을 빈 뒤에 깨달은 사실이지만, 나는 신을 믿지 않는다. 내 소원 따윈 아무도 들어주지 않을 것이다.

휴대전화를 확인하니 밤중에 히자에게서 메시지가 와 있었다. 여태 제비로 알고 있던 새가 사실은 참새였다는 걸 알게 되었다고 한다. 히자에게선 오늘 아침에 또 하나, 오늘이 무슨 날인지 아느냐는 메시지도 도착해 있었다.

머릿속으로는 오늘이 무슨 날인지를 생각하면서, 알몸 상태로 아침마다 늘 해오던 푸시업과 스쾃, 복근 운동 등을 한 세트 소화했다. 알몸으로 푸시업을 하면 팔을 굽힐 때마다 성기가 바닥에 닿아서 재미있다. 하지만 위생을 생각하면 속옷을 입는 편이 좋다. 사실은 체육관에서 벤치프레스도 하면서 나를 한계까지 몰아붙이고 싶다. 푸시업은 내 체중보다 적은 부하만 줄 수 있지만, 벤치프레스는 백 킬로그램 이상의 무게로 대흉근, 삼각근 등을 한 번에 자극할 수 있다. 그러나 공무원 시험이 가까워졌으므로 그때까지 체육관은 가지 않기로 했다.

실내 트레이닝을 끝낸 뒤 적당한 옷을 걸치고 나와 늘 도는 코스를 달렸다. 집에서 가깝고, 신호의 방해가 없으며, 호수를 바라보면서 달릴 수 있는 좋은 코스였다. 사람이 적은 것도 좋다. 달리는 거리는 짧지만, 전력 질주나 스텝 밟기, 점프 등을 섞어서 하기 때문에 끝날 즈음에는 몸이 기분 좋은 피로로 채워진다. 돌아가는 길에 외국인 남자가 길을 물어보길래 미안하지만 나도 이 주변을 잘 모른다고, 당신을 돕지 못해 안타깝다고 대답했다. 남자는 일본어로 고맙다는 인사를 하고 떠나갔다. 나는 남자의 왼팔을 만지면서 말을 했는데, 땀을 흘렸으니 그러지 말았어야 했다. 내 몸이 달아오른 탓인지 남자의 팔은 차갑게 느껴졌다.

집에 돌아와서 히자에게 모른다고만 답장했다. 오

늘이 대체 무슨 날인지, 나는 짐작조차 할 수 없었다. 샤워를 하며 땀을 씻어냈다. 욕실에서 나오자, 오늘 밤에 공연이 있으니까 와줬으면 좋겠다는 답장이 와 있었다. 나는 오늘도 학교 도서관에 하루 종일 틀어박혀 시험공부를 할 예정이었으므로 못 간다고 답장했다. 그러자 바로 히자에게서 전화가 왔다.

"넌 알고 있었냐. 주변에서 종종 짹짹거리는, 나무 같은 색깔의 포동포동하고 작은 새. 아마 우리가 가장 자주 보는 새일 거야. 그게 제비가 아니라 참새더라고. 나랑 넌 같은 언어로 말하고, 같은 대학에 같은 타이밍에 들어갔고, 그냥 그런 타인들, 예를 들면 지금 내가 베란다에서 정수리를 내려다보고 있는 머리가 벗어진 양복 차림의 남자보다야 공통점이 많을 테고, 유대감 같은 것도, 넌 어떨지 모르겠지만 난 느끼곤 해. 그렇지만 역시 나랑 넌 다른 사람이고, 어쩌면 같은 풍경을 보고 같은 것을 생각했던 시간도 있었겠지만, 그래도 역시 다른 것을 보고 다른 것을 생각했던 시간이 압도적으로 더 길겠지. 그러니까 내가 가장 자주 보는 새는 참새지만, 네가 가장 자주 보는 새는 참새가 아닐 수도 있어. 까마귀 같은 새도 꽤 자주 눈에 띄니까, 네가 가장 자주 보는 새는 참새가 아니라 까마귀일지도 몰라. 어쩌면 나도 참새보다 까마귀를 더 자주 보는 걸 수도 있어. 그렇지만 그건 참새보다 까마귀가 더 인상적이기 때문일지도 몰라. 까마귀를 보면 인간은 아무래도 깜짝 놀라니까, 그래서 실제 본 횟수보다 더 자주 보는 것 같은 기분이 드는 건지도 모르지. 사실이 어떤지는 모르겠지만. 그리고 내가 참새의 색깔을 나무 같다고 했지만, 넌 내 의도와는 다르게 나뭇잎을 떠올려서, 어쩌면 녹색 새를…….”

히자를 알게 된 지는 벌써 4년째다. 히자가 이런 의미 없는 이야기를 하는 건, 정말 하고 싶은 이야기는 따로 있는데 그 말을 꺼내기 어려울 때라는 걸 나는 알고 있었다. 전화기를 잡지 않은 손으로 가방 내용물을 정리하고, 카펫 위에 솟아 있는 음모를 집어 들며 맞장구를 쳤다. 음모는 왜 구불거리는 걸까. 구불거리는 탓에 음모라는 걸 바로 알 수 있어서, 어쩌다 다른 사람 눈에 띄기라도 하면 창피한 기분이 들 수밖에 없다. 책 사이에 마치 책갈피처럼 끼어 있기도 하니까 방심할 수가 없다.

의미 없는 이야기를 실컷 늘어놓은 뒤, 오늘로 끝내려 한다고 히자가 말했다.

"오늘 공연은, 딱히 졸업 공연이라든가 그런 건 아니고 신입생을 위한 환영 공연이야. 지금 시기니까 말이지. 그렇지만 난 다른 사람이 정한 타이밍에 끝내는 게 싫어서 오늘 끝내려고 해. 벚꽃도 지기 시작했고, 4학년 졸업보다 조금 늦고 1학년 입학보다 조금 빠른, 이 뭐라 표현하기 어려운 나만의 타이밍에 끝낼 거야. 서클 녀석들도 내가 오늘로 은퇴한다는 건 몰라. 애초에 내게 그다지 관심이 없어. 녀석들은 말이지, 내 개그는 아무리 생각해도 신입생 환영회에는 맞지 않는다면서 될 수 있으면 나오지 말라는 둥, 신입생이 겁먹어서 입부 희망자가 줄어들면 어떻게 하냐는 둥, 괜히 이상한 녀석만 들어오는 거 아니냐는 둥, 머릿속에 그런 생각밖에 없어. 한 번이라도 R-1(R-1그랑프리. 일본의 1인 개그맨 콩쿠르-옮긴이)에서 예선 2차전을 통과했다면 다들 나를 인정했을 테고 나도 자신감이 붙었겠지만, 결국 끝까지 안 됐지. 그것만은 조금 미련이 남아……. 난 다른 사람들과 다른 걸 하고 싶다고 생각하면서도 한편으로는 다른 사람에게 인정받고 싶은 마음도 있으니까, 그게 괴로워. 아마 흔해 빠진 괴로움이겠지만, 그래서 괜히 더 괴로워. 나만이 맛볼 수 있는 나만의 괴로움 같은 건 어디에도 없는 걸까? 네가 바쁘다는 건 나도 알아. 시험이 다음 달 초였지? 이제 별로 안 남았구나. 그래도 마지막이니까 와줬으면 해. 자세한 내용은 메시지로 보낼 테니까 혹시 올 수 있으면 와줘. 나 말고 다른 녀석들은 안 봐도 돼. 다른 녀석들은 어찌 되든 상관없으니까, 나만 보고 바로 돌아가면 돼. 그러면 시간도 그렇게 많이 뺏기지 않잖아?"

전송 버튼만 누르면 되는 상태로 입력해두었던 것인지, 통화가 끝나자 바로 공연 정보가 도착했다. 장소는 히요시 캠퍼스로, 평소에는 강의실로 사용하는 교실이었다. 히요시에서는 1년 전까지 살았다. 3학년 때부터 캠퍼스가 히요시에서 미타로 바뀌어서 미타로 이사했다. 학점을 미처 채우지 못한 사람은 3학년이 되어도 히요시에 가지만, 나는 학점을 빠짐없이 이수했으므로 볼일이 없었다.

참치와 햄, 치즈 등을 올린 토스트를 몇 장 먹고, 프로틴을 우유에 타서 마셨다. 침대 위에 똑바로 누워서 눈을 감고 아침 자위를 시작했다. 자위할 때는 항상 왼손을 사용한다. 자주 쓰지 않는 손을 사용하면 다른 사람이 성기를 만지고 있는 듯한 감각에 빠져들어서 사정에 이르는 시간을 단축할 수 있기 때문이다.

곧바로 사정을 하고 준비해둔 티슈로 정액을 닦아냈다. 성기에서는 사정한 뒤에도 한동안 소량의 정액이 나온다. 멈출 때까지 기다리면 좋겠지만, 공부하러 가야 하니까 항상 그 전에 속옷을 입는다. 그러면 속옷이 지저분해진다. 그러니까 샤워하기 전에 자위를 하는 게 좋다. 하지만 그러면 샤워를 마치고 나올 때쯤에 또 자위를 하고 싶어지고, 실제로 하고 만다. 그래서 최근에는 한결같이 이 순서로 한다.

옷을 입고 집을 나섰다. 평소보다 시간이 늦어져서 이상하다 했는데, 히자와 통화를 했기 때문이라는 걸 깨달았다. 늦어진 시간을 만회하기 위해 나는 평소보다 빠른 걸음으로 걸었다.

횡단보도 앞에서 작은 아이와 마주쳤다. 아이는 검은 치마를 입고 남자의 손을 잡고 있었다. 두 사람은 부모와 자식 사이처럼 보였지만, 사실이 어떤지 타인인 나는 알 수 없다. 남자는 삼십대 후반 정도로 체격이 좋았다. 아이의 몸이 작아서 남자가 더욱 거대하게 느껴졌다.

아이는 남자의 손을 잡지 않은 쪽 손으로 그림책을 펼쳐 든 채, 울면서 "책이, 책이" 하고 소리치고 있었다. 그림책의 페이지에 접힌 자국이 뚜렷했다. 이리 줘 보렴, 하고 달콤한 목소리로 남자가 말했다.

남자는 그림책을 덮더니, 가슴 앞에서 양손으로 꾹 눌렀다. 그림책만 없다면 기도하는 것처럼 보였을 것이다. 어지간히 힘을 주고 있는 모양인지, 몸이 웃음을 참는 것처럼 흔들렸다. 남자는 오랫동안 그렇게 하고 있었는데, 그동안에도 아이는 계속 "책이, 책이" 하고 반복했다.

이윽고 남자가 접힌 자국이 있던 페이지를 아이 앞에서 펼쳐 보였다. 이것 봐, 원래대로 돌아왔지, 하고 남자가 말했다. 그림책과 아이의 얼굴이 쓸데없이 가까웠다. 그림책의 페이지에는 아직도 접힌 선이 남아 있었다. 아이는 울음을 그치지 않고 계속 "책이, 책이" 하고 소리쳤다. 아이는 왠지 모르게 처음부터 줄곧 내 눈을 바라보고 있었다. 신호가 바뀌어서, 나는 더 이상 그들을 보고 있지 않아도 됐다.

○

나는 1학년 때부터 공연을 보러 갔었고, 히자를 따라 서클 회식에 얼굴을 내민 적도 있었는데, 그때 알게 된 사람들을 교실 밖에서 몇 명 마주쳤다. 미야시타라고 하는 경영학부 남자가, 후배로 보이는 내가 모르는 여자에게 히자의 친구라며 나를 소개했다. 인스타그램에 카페 사진을 올릴 것 같은 분위기의 여자라고 생각했지만, 나는 이 여자에 대해 아는 게 전혀 없다.

히자 선배한테도 친구가 다 있네요, 라며 여자는 웃었다. 기분 나쁜 여자라는 생각에 나는 웃지 않았다. 히자에게도 당연히 친구는 있다. 여자가 웃음을 그쳐서 나는 웃어야 했다. 창밖이 신경 쓰여서 그쪽을 바라봤다. 이상한 점은 아무것도 없었다.

"난 아직도 기억해. 히자가 요스케를 회식에 데려왔을 때, 잔뜩 취한 히자가 요스케한테 서클에 들어오라고 졸랐잖아. 자기랑 콤비를 짜지 않겠냐면서 끈질기게 말이야. 나중에는 얼굴이 눈물로 엉망이 되어서는, 선배한테도 적당히 하라고 혼났었지. 요스케는 전혀 그럴 마음이 없어 보였으니까, 그 갭이 재미있었어. 그런데 생각해보면, 히자가 누군가랑 콤비를 짜고 싶다고 한 건 그때뿐이었지? 결국 지금까지 계속 혼자서 하고 있고 말이야. 히자랑 콤비를 하고 싶어 하는 사람이 아무도 없어서 그런 것도 있지만. 분명 귀찮게 굴 테니까."

기분 나쁜 여자가 웃으면서 내 쪽을 보며 사이가 좋은가 봐요, 라고 말했다. 나는 사이가 좋다고 말했다. 그 기분 나쁜 여자는 잘 살펴보니 얼굴이 예뻤다. 나는 얼굴의 근육을 사용해서 천천히 입꼬리를 올렸다. 히자의 모습은 어디에도 보이지 않았다. 히자는 공연 전에 말 거는 걸 싫어하니까 나도 더 이상 찾지 않았다.

교실은 그리 크지 않았고, 공연 시작 시간이 임박해서 안으로 들어간 나에겐 자리를 고를 여지가 거의 없었다. 남자들 사이의 빈자리와 여자들 사이의 빈자리가 눈에 들어와, 여자들 사이의 자리를 골랐다.

왼쪽 여자는 긴 스커트를 입었고, 휴대전화에 '돼지새끼'라고 크게 적힌 형광 스티커가 붙어 있었다. 오른쪽 여자는 짧은 반바지를 입고 다리를 드러내고 있었다. 자리 간격이 가까운 걸 핑계 삼아, 나는 그 여자에게 일부러 다리를 갖다 대려고 했다. 그렇지만 내가 공무원 시험을 준비하고 있다는 사실을 떠올리곤 그만두었다. 공무원을 목표로 하는 사람이 그런 비열한 행위를 해서는 안 된다. 대신 의자의 위치를 신중하게 조절하는 체하며 그녀의 다리를 훔쳐보았다. 교실은 이미 무대 위를 제외하곤 조명이 꺼져 있었다. 그럼에도 그녀의 다리가 무척 하얗다는 걸 알 수 있었다. 얼굴도 보고 싶었지만, 그녀는 고개를 아래로 숙인 채 전단지를 보고 있었기 때문에 머리카락에 가려져서 잘 보이지 않았다. 무척 집중한 모양이라 다리를 쳐다보기는 쉬웠다. 나는 옛날부터 여자가 앉아 있을 때 떡처럼 늘어난 허벅지를 보는 걸 좋아했다.

신입생을 위한 인사말이 끝나자 평소와 마찬가지로 개그 공연이 시작되었다. 히자의 순서는 바로 다음이었고, 지금은 남녀 콤비가 만담을 하고 있다. 아까 본 얼굴이 예쁜 여자가 쏫코미(일본의 만담은 대개 '보케'와 '쏫코미'의 콤비로 이루어진다. 보케가 엉뚱하고 바보 같은 언행을 하는 역할이라면 쏫코미는 보케에게 면박을 주는 역할이다-옮긴이)였다.

무대 위의 여자는 교실 밖에서 봤을 때보다 한층 더 예뻐 보였다. 사람은 조금 떨어진 곳에서 보는 편이 아름다우니까 일정 거리를 유지하는 게 좋다고 생각했지만, 생각해보면 사람뿐만 아니라 여러 가지가 그렇다. 그리고 나는 섹스하는 걸 좋아하는데, 섹스를 하려면 사람에게 가까이 다가가야 하니까 생각처럼 쉽지 않다고도 생각했다. 그녀는 얼굴만 예쁜 게 아니라 쏫코미도 잘했다. 짧은 대사와 긴 대사를 적절히 섞어서 계속 들어도 질리지 않았다. 어두운 교실 안에서 모르는 사람들 사이에 앉아, 나는 소리를 내며 많이 웃었다.

갑자기 무대 위의 여자와 눈이 마주쳤다. 2초도 채 되지 않는 시간이었지만 우리는 서로를 바라보았다.

만담에는 영향이 없었고, 신경 쓰지 않는다면 그럴 수 있을 정도의 사소한 일이었다. 그러나 내가 무대 위에 있는 그녀를 보는 건 당연해도, 그 반대에는 무언가 특별한 의미가 있다는 생각이 들었다. 오른손으로 볼과 턱을 만져보고 앞머리의 상태를 점검했다. 특별히 이상한 점은 없었다. 문득 오른쪽 다리를 드러낸 여자가 공연을 보고 있지 않다는 걸 깨달았다. 입가에 손을 댄 채 아래쪽을 향해 몸을 숙이고 있었다. 나는 괜찮은지 말을 걸면서 그녀의 왼쪽 어깨에 가볍게 손을 댔다. 내가 그녀의 몸을 만지고 싶었던 것일 뿐, 손을 댈 필요까진 없었을지도 모른다. 그녀는 작게 고개를 끄덕였지만, 내가 밖으로 나가자고 하자 한 번 더 고개를 끄덕였다. 자세를 낮추고 좁은 통로를 빠져나가자 그녀도 뒤를 따라왔다. 그녀는 체구가 작았지만, 큼지막한 짐을 끌어안고 있어서 통로를 빠져나오는 데 조금 애를 먹었다.

문을 열고 교실에서 나오는데 마침 만담이 끝났는지 등 뒤로 박수 소리가 쏟아졌다. 문을 닫자 박수 소리는 거의 들리지 않았다. 그 예쁜 여자는 나를 많이 웃게 해주었다. 그래서 나도 박수를 치고 싶었지만 아픈 사람 앞이라 참았다.

계단을 내려가 건물 밖으로 나가자 바람이 살짝 불고 있었다. 이 계절답지 않게 따뜻한 밤이어서 오히려 기분 좋은 바람이었다. 낮과 비교하면 학생 수는 한참 적었고, 캠퍼스는 조용했다. 시끄럽게 무어라 떠들고 있는 무리가 있었지만, 어느 정도 거리가 있어서 우리와는 상관없었다.

가까운 벤치에 그녀를 앉히고 자판기에서 물과 따뜻한 차를 샀다. 그녀는 물을 골랐다. 춥지 않은지 묻자, 춥지는 않다고 대답했다. 그녀는 약간 오버사이즈의 스웨트 셔츠를 입고 있었다. 후줄근한 스웨트 셔츠는 한참 전에 산 것이거나 누군가에게 물려받은 것처럼 보였다. 잉크를 대충 흩뿌려 만든 커다란 얼룩 같은 무늬가 가슴에서 배 부분에 걸쳐 있었다. 그건 디자인이라기보다, 내 눈에는 얼룩처럼 보였다. 그렇지만 따뜻해 보이기는 했다.

그녀는 물을 잔뜩 마시고 화장실에 갔다. 안에 뭐가 든 건지는 모르지만 크림옐로 색상의 커다란 토트백을 놔두고 갔기 때문에 나는 남아서 그걸 지키게 되었다. 그녀에 대해 알고 싶은 마음에 가방 안을 들여다볼까 생각했지만, 공무원을 목표로 하고 있으므로 이번에도 그만두었다. 겉에서 주물러보니 책이 몇 권 들어 있는 걸 알 수 있었다. 그녀가 입고 있는 스웨트 셔츠와 마찬가지로 토트백도 후줄근했다. 벤치 위에 놓인 토트백은 지쳐 잠든 개와 같은 인상을 주었다.

토트백 옆에 앉아서 시사 문제 참고서를 읽으며 그녀를 기다렸다. 내용에 잘 집중할 수 없었고 무엇 하나 머릿속에 들어오지 않았다. 목이 마르다는 걸 깨닫고 그녀가 고르지 않은 따뜻한 차를 마셨다. 돌아온 그녀의 얼굴빛이 조금 나아진 것처럼 보여 안심했다. 안심했다는 건 즉, 그녀의 상태가 좋아지길 바랐다는 뜻이다.

카페라테를 마신 게 잘못된 것 같다고, 벤치에 앉은 그녀가 말했다. 카페라테를 마시면 가끔 속이 안 좋아진다고 한다. 우리 사이에는 그녀의 후줄근한 토트백이 있었고, 이러고 있자니 마치 우리 둘이 기르는 개처럼 보였다.

"맛 자체는 무척 좋아해요. 음료 중에서 가장 좋아할 정도로. 그래도 역시 속이 안 좋아지는 건 싫으니까 평소에는 참는데, 참는 만큼 발작적으로 어떻게든 마시고 싶은 날이 있어요. 그럴 때는 뭐, 도박을 하는 심정으로 마시곤 해요."

특별히 재미있는 이야기는 아니었지만 나는 조금 웃었다. 내가 웃는 걸 기대하는 듯한 말투여서 웃는 게 매너라고 생각했다. 그녀도 미소를 보였으므로 웃어주길 잘한 것 같다.

"그래도 많이 나아졌어요. 항상 그렇게 오래가지는 않더라고요."

그렇다면 교실로 돌아가겠냐고 묻자, 이제 됐다고 그녀가 말했다. 선배의 권유를 거절하지 못해서 왔을 뿐이라고 한다. 그녀와 조금 더 이야기를 나누고 싶었으므로 내게는 잘된 일이었다. 나는 그녀의 이름을 물었다. 아카리라고 그녀가 말했다.

문득 학교 건물에서 히자가 나오는 게 보였다. 히자는 혼자였다. 오른손에 캔을 하나 들고 있었는데, 히자가 들고 있는 거라면 분명 술이다. 발걸음과 표정을 보건대 지금 막 마시기 시작했다고는 도저히 생각할 수 없었고, 공연이 시작되기 전부터 마셨음에 틀림없다.

나를 발견한 히자는 왠지 모르게 고개를 숙인 채 이쪽으로 다가왔다. 겁을 먹은 아카리에게 아는 사람이라고 알려줬다.

"이제 다 끝났어. 마지막까지 내가 하고 싶은 대로

해버렸지. 오늘은 진탕 마시고, 내일부터는 취업활동 모드에 들어갈 거야. 개그 따위 떠올릴 틈이 없을 정도로 일정을 꽉 채울 거야. 그래서 무지하게 바쁜 회사에 들어가서 매일 늦게까지 열심히 일할 거야. 그러면 바쁜 만큼 돈은 많이 받을 테니까, 아무튼 여자한테 쓸 거야. 옷이나 시계에도 쓸 거지만, 그것도 말하자면 여자를 안기 위해서지. 술 마실 때랑 여자를 안을 때만큼은 쓸데없는 일을 생각하지 않아도 돼. 너도 그렇게 생각하지 않아?"

히자는 나를 물끄러미 바라보았다. 나는 늘 제정신을 유지하고 싶으니까 취할 때까지 술을 마시진 않는다. 게다가 아카리에게 나쁜 인상을 주고 싶지 않았으므로 애매하게 대답을 흐렸다.

"그렇지. 그래서…… 무슨 얘기를 하고 있었지? 맞아, 난 이런 놈이지만, 비싼 밥을 사주거나 갖고 싶은 걸 사주면, 그리고 내가 가리지만 않는다면 따라오는 여자가 있겠지. 아무도 없으면, 그때는 유흥업소를 가는 거야. 넌 어차피 유흥업소 같은 데는 가본 적 없으니까 모르겠지만, 난 거기서 일하는 여자들을 꽤 좋아해. 경찰관이나 소방관은 멋있잖아? 난 몸도 약하고 용기도 없으니까 절대 할 수 없는 일이지만 말이야. 그 사람들이 왜 멋있냐면, 몸을 아끼지 않아서인 것 같아. 그런 의미에서는 너도 대단한 녀석이라고 생각해. 매일매일이 교통사고 같은 그런 스포츠, 난 절대 못하거든. 비슷한 근사함을 난 유흥업소에서 일하는 사람들에게서도 느껴. 몸 하나로 열심히 일하는 점이 대단하다고 생각해. 직접적으로 사람들에게 도움이 된다는 점도 경찰관 같은 직업이랑 통하는 구석이 있지. 내가 뭔가 틀린 말을 하고 있는 걸까. 넌 어떻게 생각해? 틀렸으면 틀렸다고 말해줘. 그래야 성장할 수 있으니까. 좋은 회사에 들어가서 돈을 왕창 벌려면 난 지금 성장해야만 하는 시기거든."

히자는 아카리를 똑바로 바라보았다. 아카리는 멍한 표정으로 히자의 얼굴을 쳐다보고 있었다. 어렵게 공연을 보러와준 신입생을 너무 귀찮게 하지 말라고 나는 말했다. 아카리의 목은 희고 매끈했다. 어느새 성기가 발기해 있어서 감추기 위해 다리를 꼬았다.

"그래서…… 무슨 얘기였지? 아무튼, 신입생이구나. 고마워, 와줘서. 다들 좋아하고 있어. 난 오늘로 그만두지만, 나쁘지 않은 서클이라고는 생각해. 작년까지는 말이야, M-1(M-1 그랑프리. 일본의 만담 콩쿠르-옮긴이) 예선 1차전을 한 번 통과했다고 마치 천하를 손에 쥔 양 들떠 있는 선배 콤비가 있었거든. 그건 확실히 굉장한 일이지. 씃코미 쪽은 평범하고 좋은 사람이었는데 보케 녀석이 최악이었어. 그 선배가 나한테 뭐라고 했냐면, 독자적인 세계관을 어필하려고 애쓴다고나 할까, 다른 사람들과는 다른 걸 보여주겠다는 의지가 완전히 겉돌아서 꼴사납기만 하고, 무엇보다 근본적으로 재미없고 기술도 전혀 없대. 그건 맞는 말일지도 모르지만, 열심히 하는 사람한테 어떻게 그런 심한 말을 할 수 있지? 그래도 그 선배는 이미 졸업했으니까 넌 괜찮을 거야."

만나서 반가웠다는 말을 남기고 히자는 건물로 돌아갔다.

○

우리는 캠퍼스를 나와 역 반대편에 있는 카페로 들어갔다. 술을 마실 수 있는 가게로 데려갈 작정이었지만, 문득 생각나서 아카리에게 나이를 묻자 열아홉이라기에 그만두었다. 아카리의 몸을 생각하면 술을 마시게 할 수도 없고, 무엇보다 법으로 금지되어 있다.

나는 아이스커피를, 아카리는 따뜻한 홍차를 주문했다. 긴 머리 여자들 여럿이서 말없이 위자보드를 둘러싸고 있었는데, 아카리는 그쪽에 정신이 팔려 있었다. 나는 그렇게 쳐다보지 않는 편이 좋다고 말하곤, 되도록 떨어진 곳에 자리를 잡았다.

내가 4학년이라고 하자 아카리는 살짝 놀란 기색이었다. 아카리는 지난달에 시가현에서 이쪽으로 이사한 참이었다. 여기서 집까지는 걸어서 10분도 걸리지 않는다고 한다.

내가 법학부라고 하자 똑똑하시네요, 하고 아카리가 말했다. 아카리는 경영학부였다. 아카리의 큼직한 토트백에서는 강의 계획서와 학점 이수 정보지가 나왔다. 여기저기 포스트잇이 붙어 있고 메모도 되어 있었다. 학부가 다르긴 하지만 교양과목이라면 나도 상담해줄 수 있었다. 함께 페이지를 넘기면서 이 수업은 듣지 않는 게 좋다든가, 이 수업은 추천한다든가, 그런 이야기를 했다. 아카리는 내 말을 열심히 메모했는데, 얼굴을 테이블에 너무 바짝 붙이고 있어서 정수리의 가마가 훤히 들여다보였다. 아카리의 가마는 속살이 좀 많이 보이는 것 같았다. 나는 그게 가엽다는 생각이 들어서 가려주고 싶어졌다. 그렇지만 지금껏 여자의 가마를 주의 깊게 본 적이 없으니까 의외로 이 정도가 일반적인 건지도 모른다.

잠시 후 내가 몸을 단련하고 있다는 사실을 알아챈 아카리가 약간 흥분한 모습으로 대체 뭘 하는지 물었다. 나는 소매를 걷어붙이고 알통을 만들었다. 만져도 된다고 하자, 아카리는 우선 오른손 검지로 찔러서 상태를 확인한 뒤 양손으로 살짝 감쌌다. 그 모습에서 근육을 좋아하는 마음이 느껴졌다. 아카리의 손은 무척 차가웠는데, 그건 내 체온이 높은 탓인지도 모른다. 갈라진 복근도 보여줄까 했지만, 나와 아카리는 초면이고 이곳은 공공장소였다. 대신 옷 위로 대흉근을 만지게 해주자 아카리는 기쁜 듯이 웃었고, 그걸 본 나도 기뻤나?

"요스케 선배라면 분명 시험도 잘 볼 거예요. 응원할게요."

카페에서 나올 즈음, 아카리는 나를 성이 아닌 이름으로 부르게 되었다. 집까지 데려다줄 생각이었지만 아카리의 미소를 보고 그만두었다. 반대로 아카리가 나를 역까지 바래다주겠다고 했다. 연락처를 교환했으니 또 만날 수 있을 것이다. 시험이 끝나면 함께 식사를 하기로 약속도 했다.

"저기, 이건 뭔가요?"

아카리는 개찰구 앞에 있는 은색 공 같은 오브제를 가리키며 물었다. 이건 긴타마라고 알려주자, 아카리가 살짝 웃었다.

"이름은 들어본 적 있는데, 뭘 의미하는 건가 해서요."

아카리의 의문에 나는 대답할 수 없었다. 의미 같은 건 모르고, 생각해본 적도 없다. 왼손으로 아카리의 머리를 가볍게 잡고 오른손으로 머리카락을 천천히 빗어 내렸다. 손끝에 걸린 작은 먼지를 바람에 날리자, 아카리는 부끄러운 듯 웃었다.

“아유, 참. 언제부터 붙어 있었지?”

그건 내가 내 니트에서 조금 전에 잡아 뜯은 털 뭉치로, 아카리의 머리에 붙어 있던 게 아니었다. 나는 아카리를 안심시키려고 분명 방금 전에 붙었을 거라며 미소 지었다. 아버지는 내가 어릴 적에 돌아가셨다. 그래서 추억은 거의 없지만, 여성에게 상냥하게 대하라고 입버릇처럼 말씀하셨던 것만은 기억하고 있다. 어째서 여성에게 상냥하게 대해야 하는지는 알 수 없지만, 나는 아버지의 가르침을 지키고 싶었다. 이래라저래라했다면 성가셨겠지만, 한 가지밖에 기억하고 있지 않으니까 적어도 그건 지키고 싶었다.

긴타마 앞에서 우리는 손을 흔들고 헤어졌다.

가게 안을 둘러보자 분수에 맞지 않는 곳에 왔다는 생각이 들었다. 학생으로 보이는 손님은 우리 말고는 찾아볼 수 없었다. 못 올 곳에 왔다는 생각에 빨리 집으로 돌아가고 싶었다.

본격적인 프랑스 요리는 먹어본 적이 없어서, 어젯밤에 동영상을 보며 테이블 매너를 익혔다. 실수는 하지 않았을 텐데도 내 동작 하나하나가 어색하게 느껴지는 건 어쩔 수 없었다.

"바닷바람 때문에 머리가 엉망이 됐을 것 같아. 어

때?"

예뻐, 라고 나는 말했다. 마이코는 말없이 미소 짓고 바지락을 천천히 입에 넣었다. 혹시 조금 전에 한 크루징이 마음에 안 들었던 걸까. 마이코는 부정적인 감정을 확실하게 말로 표현하지 않고 돌려 말하는 경우가 많다. 언제부턴가 마이코의 말과 행동을 깊게 해석하는 버릇이 생겼다.

나는 바지락을 먹으면서 마이코가 처음 보는 원피스를 입고 있다는 사실을 눈치챘다. 또 새 옷을 샀을 것이다. 특별한 경우가 아니면 마이코는 원피스만 입는다. 원피스가 정말 많아서 한 달 동안 같은 원피스를 입지 않는다. 오늘 입고 온 원피스는 가지 같은 색이었고, 작은 핑크색 꽃이 가지를 감추듯이 여러 개 피어 있었다. 나는 꽃을 구별할 줄 몰라서 꽃의 이름은 모른다.

코스의 마지막에 미리 부탁해둔 생일 케이크가 나

왔다. 케이크를 가져온 종업원은 우리 둘에게만 들릴 정도의 목소리로 축하한다는 말을 건넸다. 마이코는 케이크를 한입 먹고는 맛있다며 웃음 지었다. 그런데 너무 커서 다는 못 먹겠다기에 내가 거의 다 먹었다. 그러니까 사실은 입에 맞지 않았는지도 모른다. 요스케의 뱃살이 물렁물렁해지겠다며 마이코가 걱정스러운 표정을 지어서, 집에 가면 확실하게 트레이닝을 하니까 문제없다며 안심시켰다.

레스토랑에서 나와 엘리베이터를 타고, 무리해서 잡은 고층 룸으로 들어갔다. 창가에 다가서자 불꽃놀이처럼 눈부시게 빛나는 거대한 관람차가 보였다.

"바다 쪽 방보다 이쪽이 더 여러 가지가 보이니까 분명 즐거울 거야."

마이코가 내 옆에 와서 말했다. 바다가 잘 보이는 방이 나았을까. 그러나 바다는 빛나지 않으니까 밤이 되면 깜깜한 어둠뿐이다. 보이지 않는 건 그곳에 없는 거나 다름없다. 그러나 내일 아침 눈을 떴을 때 바로 바다가 보이면 기분이 좋을지도 모른다.

마이코를 끌어안고 오래 키스를 했다. 나는 여기 오는 도중 화장실에 들러 입안을 꼼꼼히 헹궜다. 그러니까 음식물은 남아 있지 않을 것이다.

요즘 우리는 시간이 없었다. 마이코는 정치인 양성 학원에 다니면서, 때때로 아버지 연줄로 알게 된 의원의 조수 역할도 하고 있었다. 사회 경험을 몇 년 쌓은 뒤에는 어딘가에서 의원으로 입후보할 예정이라고 한다. 대학 강의와 세미나도 소홀히 하지 않는 것 같고, 최근에는 취업활동까지 시작해서 나를 상대할 여유는 더욱 없어 보였다. 마지막으로 섹스를 한 게 한 달도 더 전이었던가. 나는 마이코와 사귀는 사이니까 더 많이 섹스를 하고 싶다. 사실은 매일 하고 싶지만, 공부도 하고 싶으니까 이틀에 한 번 정도가 적당하지 않을까. 그러나 마이코가 하고 싶지 않다면 억지로 섹스를 할 수는 없다. 억지로 하려고 하면 그건 강간이고, 나는 범죄자가 되어 법의 심판을 받게 되리라. 게다가 나는 마이코의 남자친구다. 마이코가 싫어하는 일은 할 수 없다. 마이코가 목표를 향해 노력한다면, 그걸 응원하는 게 내 역할일 것이다.

마이코의 허리에 닿은 내 성기가 나이프처럼 발기해 있었다. 발기한 남자의 성기가 닿는 건 대체 어떤 기분일까. 흥분할까. 더 밀어붙여 주길 바랄까. 뜨거울까. 딱딱할까. 아무 생각도 없을까. 아무래도 상관없을까. 더러울까. 불쾌할까. 화가 날까. 슬플까. 괴로울까. 울고 싶을까. 용서할 수 없을까. 빨리 이 시간이 지나가길 바랄까. 조금 궁금했지만 발기한 성기가 닿아본 경험이 없는 나는 알 수 없었다. 나로선, 마이코의 허리에 성기를 들이대는 건 나쁘지 않은 기분이었다.

마이코의 원피스 지퍼를 슬쩍 내리려고 했지만 마이코가 살며시 거부했다. 달거리 중이라 오늘은 곤란하다고 한다. 달거리라는 표현을 몰랐던 나는 마이코가 하는 말을 이해하는 데 조금 시간이 걸렸다. 마이코의 왼쪽 어깨에 살짝 손을 얹었다. 통증은 없는지, 기분은 괜찮은지 묻자 마이코가 미소를 지었다. 나도 따라서 미소를 지어 보았다. 내 성기는 아직 단단한 상태였기에 창피해져서 관람차 쪽으로 몸을 돌렸다. 창피할 일은 아닌 것도 같았지만 아무래도 보여주지 않는 게 매너라고 판단했다. 내가 원피스의 색상을 칭찬하자, 전에 입었을 때도 칭찬했었다고 마이코가 말했다. 마이코가 머리를 감고 싶다고 해서, 그동안 나는 호텔을 구경하고 오겠다고 말하고 밖으로 나왔다. 그러나 금세 마음이 바뀌어 다시 방으로 돌아왔다.

방의 불을 끄고 창가에 서서 바지와 속옷을 한 번에 쑥 내렸다. 갑자기 생각이 나서, 발목에 바지와 속옷을 걸친 채로 걸어가 가방에서 휴대전화를 꺼내 들고 다시 창가로 돌아왔다. 관람차의 빛이 내 성기를 자줏빛으로 물들였고, 이윽고 파랗게 비추었다. 나는 내 성기가 여러 가지 색으로 변화하는 모습을 잠시 동안 즐기다가, 문득 어깨 위에 음모 한 올이 놓여 있는 걸 발견했다. 카펫 같은 곳에 떨어져 있는 건 자주 보지만 어깨 위에 있는 건 처음이라, 이건 분명 어떠한 징조라는 생각이 들었다.

음모를 손가락으로 집어 관람차의 빛에 비춰보았다. 음모는 내 왕성한 성기에 비해 너무나도 가늘어서 색이 변화하는 모습을 파악할 수 없었다. 오늘까지 내 성기를 보호하던 이 음모는, 떨어져 나온 지금은 단순한 쓰레기가 될 참이었다. 불평도 없이 일만 했는데 너무한 처사라는 생각에, 나는 이 음모를 어떻게든 해주고 싶어졌다. 어딘가 쓸모가 있지 않을까. 이를테면 동전지갑 안에 몰래 넣어두면 앞으로 평생 여자 걱정은 없다든가, 그런 효과는 없을까. 있으면 좋을 텐데. 그러나 동전에 음모가 섞여 있는 건 아무리 생각해도 불쾌

했다.

나는 그를 바닥에 떨어뜨렸다. 일단 바닥에 떨어지고 나자, 그는 금세 어디 있는지 알 수 없게 되었다. 이 호텔은 깔끔하게 청소가 되어 있으니까, 내일이면 직원이 청소기로 그를 빨아들여 어두운 상자 속에 가둘 것이다. 내 성기가 마치 열두 시를 가리키는 시계바늘처럼 관람차를 향해 똑바로 발기해 있었다. 그걸 본 나도 기분이 고양되어, 원래는 벗을 필요가 없는 상의를 벗었다.

휴대전화를 확인하니, 아카리에게서 메시지가 와 있었다.

오늘은 선배가 알려준 숨바꼭질 서클에 갔어요. 들어갈지 말지는 아직 모르겠지만, 무척 즐거웠어요. 전 어릴 때부터 숨바꼭질을 잘해서, 오늘도 끝까지 술래한테 잡히지 않았답니다. 어쩌면 저, 숨바꼭질의 천재일지도…….

요즘은 학교나 아르바이트하는 곳에 가져갈 도시락을 만들 때 요스케 선배를 생각해요. 캠퍼스가 같았다면 선배 몫도 만들어줄 수 있을 텐데, 하고요. 부모님과 함께 살 때부터 줄곧 해오던 일이라, 사실 요리에는 조금 자신이 있거든요. 언젠가 선배가 맛볼 기회가 있으면 좋겠네요.

공부 힘내세요. 응원할게요.

아카리, 라고 나는 중얼거렸다. 아카리가 여기 있다면 그 몸을 끌어안고 싶지만, 아카리는 지금 여기 없으니까 대신 아카리가 보낸 메시지가 표시된 휴대전화를 끌어안았다. 그러나 휴대전화는 끌어안기에 너무 작았다. 내 몸이 주황색으로 물들고, 뒤이어 빨갛게 빛났다.

처음 만난 날 이후로 우리는 매일 빠짐없이 연락을 하고 있었다. 시험공부가 중심인 무미건조한 나날 속에서, 아카리와 나누는 메시지가 나를 위로해주었다. 반면 마이코와의 대화는 만날 장소와 시간을 정하거나 사무적인 내용이 거의 다였다. 연락을 하지 않는 날도 적지 않았다. 사귀기 시작한 초반에는 용건이 없어도 매일 뭐라도 대화를 했던 걸 떠올리다가 더 이상 생각하기를 그만두었다.

관람차를 향해 서서, 아카리의 하얀 다리를 떠올리며 왼손으로 자위를 시작했고 잇달아 두 번 사정했다. 10분도 채 걸리지 않았을 것이다. 성욕이 채워지자 정서도 안정되어, 알몸으로 휴대전화를 끌어안고 있던 내 모습이 우습게 느껴졌다. 필시 나는 무언가에 취해 있었고, 그게 정액과 함께 내 몸에서 빠져나간 것이다. 마이코와 둘만의 밤도 이로써 마음 편히 보낼 수 있을 것이다.

성기와 창문, 그리고 마룻바닥을 꼼꼼히 닦고 옷을 입었다. 지금 나는 마이코를 위해 무언가를 해주고 싶은 기분이었다. 그리고 생각해보면 그건 당연하다. 나는 마이코의 남자친구고, 오늘은 마이코가 태어난 중요한 날이니까. 마이코가 샤워를 끝내고 돌아오면 전신을 정성껏 마사지해주는 것도 좋을 것이다. 마이코는 굽이 높은 구두를 자주 신으니까 발바닥과 종아리를 중점적으로 하자. 보통 남자들이라면 30분만 지나도 팔을 움직일 수 없게 되겠지만, 나라면 한 시간이고 두 시간이고 계속할 수 있겠지. 마이코가 잠들 때까지 계속해주는 것도 괜찮을 것 같다. 그러면 마이코는 오늘 밤, 무언가 좋은 꿈을 꾸게 될까? 모처럼 생일이니까, 마이코가 꿈속에서도 좋은 기분이길 바란다.

○

요전번에는 와줘서 고마워. 좀 더 빨리 제대로 인사를 했어야 하는데, 술을 너무 많이 마셔서 휴대전화랑 지갑이랑 안경까지 다 잃어버리고, 좀 힘들었거든. 몸 상태도 계속 안 좋았고.

술 같은 건 마실 게 못 돼. 그래도 마시게 되는 건 어쩔 수 없지. 아무 데서나 파니까 말이야. 누구나 쉽게 살 수 있는 게 잘못된 거야. 이를테면, 맥주가 한 캔에 만 엔 정도 한다고 치자. 그러면 나 같아도 못 마셔. 아니, 어떨까. 장담할 순 없겠지만. 가장 좋은 건 이 세상에서 술이 사라지고, 사람들의 기억에서도 지워지는 거겠지. 모든 기록에서도 사라지고, 그런 게 존재했다는 사실마저 아무도 모르는 상태. 그러면 음주운전이나 취해서 난동 피우는 사람이나 알코올중독 같은 것도 사라지고, 다들 좀 더 행복해, 지지는 않겠지. 나도 알아, 그렇게 단순한 문제가 아니란 것 정도는.

오늘 처음으로 입사 지원서라는 걸 써보려고 했어. 한 시간 정도 매달렸는데, 이름이랑 생일, 그런 것밖에 쓸 수가 없더라. 누구나 단점은 있는데도 그런 부분은 전혀 건드리지 않고 장점만 나열해야 하는 거야. 그런 건 싫지 않아?

다들 싫다고 생각하면서도 참고 쓰는 걸까? 그런 사람들이 훌륭한 걸까? 난 자기 단점을 감추고 좋은 점만 술술 말하는 사람은 되고 싶지 않아. 꼭 귀사에서 일하고 싶습니다, 그런 걸 수십 개 회사에 써서 내다니. 내 몸은 하나뿐인데 말이야. 수십 개 회사에 지원하는 녀석들은 다들 미친 게 틀림없어. 혹시 미치지 않으면 합격할 수 없는 걸까?

공부 방해해서 미안. 와줘서 고마웠어.

○

마이코의 생일 이후, 나는 거의 아무도 만나지 않고 공무원 시험공부에 매진했다. 근육 트레이닝과 자위와 공부만 반복하는 나날이었다. 특별히 기억에 남는 일도 없이, 하루하루가 눈 깜짝할 새 흘러갔다.

시간을 들여 준비한 보람이 있었는지 시험은 무척 느낌이 좋았다. 객관식 문항은 자신 있게 답할 수 있는 문제뿐이었고 논술 문항의 테마도 예상했던 대로였다. 아무리 생각해도 합격이라 가채점을 할 필요도 느끼지 못했다. 필기시험만으로 채용이 결정되는 건 아니고, 다음 달에 면접이 있어서 그 대비도 시작해야 한다. 그래도 지금은 일단 필기가 끝난 걸 축하하고 싶었다.

시험장에서 역으로 이어지는 길을 걸으며, 시험을 잘 봤다고 마이코에게 메시지를 보냈다. 어디 가서 식사를 하고, 오늘은 오랜만에 우리 집에 오지 않겠냐고도 보냈다. 자세하게 정해둔 건 아니었지만 시험이 끝나면 만나자는 약속을 했었다. 역이 보일 즈음 마이코에게서 전화가 왔다. 축하해, 잘 봤구나, 라고 마이코가 말했다. 나는 샛길로 들어갔다. 역처럼 사람이 많은 장소에서 전화를 하는 건 별로 좋아하지 않았다.

“미안, 정말 미안한데, 지금 고야마 선생님 댁에 가야 해. 갑작스럽게 저녁식사에 초대받았거든.”

고야마는 마이코가 공부를 위해 가끔 일을 도와드리는 의원이었다. 이야기를 들어보니 동료 의원들이 고야마의 집을 방문하는데, 만나두는 게 좋다며 꼭 오라고 했다는 것이다. 아는 의원이 많아지면 마이코의 미래에는 좋을지도 모르지만, 미래를 위해서라는 명목으로 마이코는 대체 어디까지 고야마의 요구를 받아주는 걸까. 예전에 마이코에게 들은 바로는, 고야마는 오십대 중반의 기혼자였다. 쉰 살이 넘었든 기혼자든 간에 남자는 남자고, 성기도 아직 발기할 것이다. 조금 떨어진 곳에 까마귀가 한 마리 있었다. 까마귀는 길에 떨어진 봉투 하나를 부리로 쪼아대다가 멈추더니 내 얼굴을 쳐다봤다. 고마운 이야기라고, 신경 쓰지 말고 다녀오라고 말하고 전화를 끊었다. 까마귀가 나를 등지고 날아갔다.

멈춰 서 있던 나를, 빨간 치마를 입은 작은 아이와 삼십대 후반 정도의 남자가 앞질러 갔다. 남자는 짧은 머리에 기장이 지나치게 긴 가로줄무늬 폴로셔츠를 입고 동그란 은테 안경을 쓰고 있었다. 아이는 남자보다 조금 앞서서 횡단보도를 건너고 있었다. 그때 좌회전을 한 택시가 그쪽을 향했다. 운전기사는 아이를 뒤늦게 발견했는지 다소 급하게 브레이크를 밟았다. 속도가 별로 빠르지 않아서 아이와 택시 사이의 거리는 그리 위험할 정도는 아니었다.

아이는 택시를 흘긋 쳐다보았을 뿐, 멈추지 않고 횡단보도를 마저 건넜다. 안경을 쓴 남자가 즉시 달려와 끈적한 손길로 아이의 어깨를 어루만졌다. 오십대 정도로 보이는 남성 운전기사가 몸이 차체에 가려질 정도로 깊이, 몇 번씩 반복해서 고개를 숙였다. 아이는 그동안 의견을 구하듯 내 얼굴을 빤히 쳐다보았는데,

이윽고 남자가 손을 잡아끌자 다시 걷기 시작했다. 그들은 역 반대 방향으로 걸어갔고, 남자는 끈질기게 운전기사를 노려보았다. 아이가 나를 돌아보았지만 남자가 무어라 말하자 바로 고개를 돌렸다.

계속 손에 쥐고 있던 휴대전화가 다시 진동했다. 마이코가 깜빡하고 하지 못한 말이 있나 싶었지만, 전화의 발신인은 아카리였다.

○

약속 시간보다 조금 빨리 도착했는데도 아카리는 이미 긴타마 옆에 서 있었다. 아카리와 긴타마 사이에는 묘하게 스스럼없는 분위기가 감돌아 마치 소꿉친구 같았다.

아카리는 오늘도 잉크 얼룩 같은 무늬가 있는 스웨트 셔츠를 입고 있었다. 이 이상한 옷이 마음에 든 건가 생각하니 이상해서 웃음이 나올 것 같았다. 왜 웃는지 아카리가 묻는 걸 보니, 아무래도 참지 못하고 웃어버린 모양이다. 어제 읽은 만화가 떠올랐다고 설명하자 아카리는 소리 내 웃었고, 나도 그 모습을 흉내 내어 웃었다.

아카리를 가게로 안내하고 예약해둔 카운터석에 앉았다. 히요시에 살던 무렵, 가보고 싶었는데 결국 한 번도 가지 못했던 파스타 가게였다. 그러나 2년이나 살면서도 가지 않았으니 결국 가보고 싶지 않았던 건지도 모른다.

메뉴에 카페라테가 있는 걸 발견하고 알려주자, 아카리는 속이 안 좋아져서 파스타를 못 먹으면 큰일이라며 웃었다. 그리고 진저에일을 주문했다. 술은 안 마시는 건가 생각하다가 아카리가 미성년자라는 사실을 떠올렸다. 혼자 술을 마시는 건 매너에 어긋나므로 나는 아이스커피를 주문했다. 메뉴 하나를 둘이 함께 들여다보며 전채 몇 가지와 파스타, 피자와 스테이크를 주문했다. 아카리가 가격에 신경 쓰는 것 같아서, 내가 낼 테니 걱정하지 말라며 안심시켰다.

나는 시간도 신경 쓰지 않고 편안하게 아카리와의 식사를 즐겼다. 시험이 끝난 해방감 탓인지, 나는 평소보다도 훨씬 많이 떠들었다. 재미있을 것도 없는 내 이야기를 아카리는 흥미롭게 들어주었다. 그러면서 아카리는 배가 고팠는지 무척 잘 먹었다. 처음에 주문한 요리만으로는 모자라서 다른 파스타를 추가로 시켰다. 이 가게의 파스타는 장난치는 건가 싶을 정도로 면이 두툼했지만, 아카리는 마음에 든 것 같았다.

“히자는 개그를 짜기 시작하면 며칠씩 집에 틀어박혀. 그 녀석은 기본적으로 외로움을 타는 성격이지만, 개그를 짤 때만큼은 불러도 나오지 않아. 그동안은 목욕도 안 하고, 밥도 컵라면 같은 것밖에 안 먹어. 그런데, 그만큼 시간을 들여서 진지하게 개그를 짰으면서 실전에서는 그대로 안 하는 거야. 갑자기 완전히 다른 거, 그 자리에서 떠오른 걸 해. 그러니까 항상 웃기질 못하고, 그래서 낙심하고, 쓰러질 때까지 술을 마시지."

조금 전부터 나는 히자의 이야기만 하고 있었다. 이런 이야기를 아카리는 듣고 싶어 할까. 그러나 나는 어째선지 아카리가 히자에 대해 알아주기를 바랐다.

"맞다, 전에 공연 영상을 보내준 적이 있었어. 부탁하지도 않았는데 멋대로 보낸 거지만. 기다려봐."

휴대전화에서 히자의 동영상을 찾아보았다. 그러나 좀처럼 찾을 수 없었다. 이거 맛있어요, 하고 아카리가 말했다. 추가로 주문한 생선 파스타를 먹고 있었다. 다음번에 히자를 데려올까 물어보니 꼭 만나고 싶다고 한다. 그 모습을 보고 데려오지 말아야겠다고 생각했다.

소변이 마려워서 화장실로 갔다. 그리 넓지 않은 가

게라서 화장실은 하나뿐이었고, 남녀공용이었다. 문을 열자 남자의 엉덩이가 보여서 죄송하다고 말하고 바로 닫았다. 생각해보니 소변을 누는 것뿐이라면 엉덩이를 내놓을 필요도 없고, 사과해야 하는 건 문을 잠그지 않은 채 소변을 누고 있던 저 남자다. 그러나 생각하기보다 앞서 사과하는 말이 나오는 건, 내가 선량한 사람이라는 증거일지도 모른다.

잠시 뒤 남자는 아무 일도 없었다는 듯이 화장실에서 나왔다. 남자는 배가 나온 중년으로 얼굴이 붉었다. 몸을 틀어 남자를 피하며 안으로 들어가자 변기 커버가 올라가 있었다. 남녀공용인 화장실에서 변기 커버를 올려두는 남자를, 나는 철들었을 무렵부터 늘 용서할 수가 없었다. 왜냐하면 그건 다음에 사용할 사람을 배려하지 않는, 제멋대로이고 매너에 어긋나는 행위이기 때문이다. 남자가 들어오기 전부터 올라가 있었을 가능성도 있지만, 그 남자는 어떻게 봐도 올린 변기 커버를 그대로 둘 것 같은 느낌이었다. 그 남자가 한 짓이 틀림없었다. 나는 분노를 억누르며 변기 커버에 오른 손을 가져갔다가 잽싸게 뒤로 물러섰다. 그 바람에 등 뒤의 세면대에 허리 근처를 강하게 부딪쳤다. 검은 벌레가 재빠르게 변기 뒤쪽으로 사라져 금세 보이지 않게 되었다. 소름끼치는 감촉이 손에 남아 있었다. 즉시 여기서 나가야 하는지, 아니면 먼저 손을 씻어야 하는지, 정답을 알지 못한 채 화장실을 나섰다.

자리로 돌아오자 아카리는 고개를 숙인 채 휴대전화 화면을 손가락으로 터치하고 있었다. 아카리의 후줄근한 스웨트 셔츠를 보고 나는 조금 안심했다. 허리를 부딪쳐선지 요의는 더 이상 느껴지지 않았다. 그러니까 처음의 목적은 달성한 듯한 기분도 들었다.

가게에 들어왔을 때 받은 물티슈를 발견하고 그걸로나마 손을 닦으려고 했다. 그러나 얇은 물티슈에는 물기가 거의 남아 있지 않았다. 테이블 위에 놓인 커피를 마시려다 도중에 손을 거두었다.

"저, 할 말이 있는데요."

아카리가 말했다. 아카리는 커피잔을 두 손으로 감싼 채 자기 허벅지 근처를 바라보고 있었다. 아카리의 모습이 화장실에 가기 전과 어딘지 조금 다른 기분이 들어서 긴장했다. 그러나 바로 나쁜 이야기는 아닐 거라고 낙관적으로 생각을 고쳤다.

조금 전의 변기 커버를 내리지 않은 남자와 그 일행인 짧은 치마를 입은 젊지 않은 여자가 흡족한 얼굴로 가게 밖으로 나갔다. 어느새 손님은 우리밖에 없었다. 이 가게는 음악을 틀지 않았고, 주방에서도 거의 소음이 들리지 않았다.

"오늘, 케이크를 만들었어요. 요스케 선배의 시험이 끝나면 축하하려고요. 그런데 그 케이크는 여기엔 없어요."

아카리는 고개를 숙이고 있어서 표정을 확인할 수

없었다. 카운터 너머에는 단정한 외모의 젊은 남자 둘이 서 있었고, 왠지 나를 감시하는 것처럼 계속 쳐다보고 있었다. 그들은 손을 전혀 움직이지 않았고, 그저 그곳에 서서 나를 바라보기만 할 뿐이었다.

"냉장고 안에 넣어두고 왔어요. 상하니까요. 그러니까 먹으러 올래요? 우리 집에. 전에 선배가 좋아한다고 말했던 초콜릿 케이크거든요. 분명 맛있을 거예요."

벌레를 만지지 않은 쪽 손으로 커피잔을 쥐고 한 모금 마셨다. 그리고 정말 고맙지만 여자친구에게 미안하니까 안 된다고 말했다.

아카리에게 여자친구가 있다는 말을 한 건 이때가 처음이라, 나는 아카리를 실망시킨 게 아닐까 생각했다. 그런데 어째선지 아카리는 웃고 있었다. 그러면 적어도 집 앞까지만 가지러 와 달라고 했다. 나는 커피를 한 모금 더 마셨다.

○

안으로 들어가면 바로 부엌이 있었고, 부엌과 거실 사이에 문은 없었다. 거실에는 침대와 작고 하얀 로우 테이블, 화면이 크지 않은 텔레비전, 그리고 수조가 있었다. 그 밖에는 거의 아무것도 없었다. 좁은 방이었지만 물건이 적어서 갑갑한 느낌은 들지 않았다.

케이크를 가져오겠다고 말하고 집 안으로 들어간 아카리는 어찌된 일인지 빈손으로 돌아왔다. 그리고 진심으로 난처하다는 듯, 케이크를 넣을 밀폐용기가 없다고 했다.

"잠깐이라도 좋으니까 들어왔다 가지 않으실래요? 사실 샴페인도 사뒀거든요. 저는 미성년자니까 요스케 선배가 마시지 않으면 버려야 해요."

아카리는 지금 화장실에 들어가 있다. 화장실과 거실이 가까워서, 내게 소리가 들리지 않도록 세심하게 주의를 기울여야만 할 것이다. 나도 배려하는 마음으로 되도록 화장실에서 먼 곳에 앉아 등을 돌리고 수조를 들여다보았다. 수조 안에는 이름을 알 수 없는 작고 빨간 물고기가 몇 마리 들어 있었다. 세어보니 열한 마리였다. 움직이는 것을 세는 건 어렵다. 양 손가락을 이용했는데도 몇 번이나 다시 세어야 했다. 화장실에서 나온 아카리는 무언가 어려운 문제에 대해 골똘히 생각하는 듯한 표정을 짓고 있었다. 그게 재미있어서 나는 조금 웃었다.

수조를 가리키며 무슨 물고기인지 묻자, 아카리는 송사리라고 대답했다. 빨간색이라 송사리라는 생각은 못했는데, 듣고 보니 송사리의 얼굴을 하고 있었다. 송사리를 이렇게 물끄러미 바라보는 건 오랜만이었다. 초등학생 때, 교실 뒤편에 송사리가 들어 있는 수조가 있어서 가끔 이렇게 바라보곤 했다. 그때의 송사리는 무슨 색인지 잘 알 수 없는, 좀 더 애매한 색이었다.

"귀엽죠, 빨갛고. 작년 여름 끝 무렵에 태어난 아이들이래요."

아카리는 부엌에서 손을 씻고 있었다. 물소리를 의식해서인지 아카리는 조금 큰 소리로 말하고 있었다. 나는 또 웃었다. 이번에는 아까와 달리 오래도록 웃었다. 뭐가 재미있는지는 나도 알 수 없었다. 아무튼 웃겨서 견딜 수가 없었다.

손을 씻으면서 아카리는 큰 소리로 송사리 열두 마리에 십이간지의 이름을 붙였다고 설명했다. 그런데 송사리들을 구별할 수는 없다고 하니까, 내가 지금 보고 있는 건 술일 수도 있고 인일 수도 있고 미일 수도 있었다. 나는 다시 한 번 송사리를 세어보다, 수초 그늘에 몸을 감추듯이 죽어 있는 송사리를 발견했다. 십이간지 중 어떤 것이 빠졌는지는 아카리도 알 수 없을 것이다. 그러나 이로써 확실히 열두 마리였다.

부엌 쪽을 보자 아카리는 아직도 손을 씻고 있었

다. 팔꿈치 위로 걷어붙인 소매에까지 거품이 묻어 있어서, 팔을 씻고 있다고 하는 편에 더 가까웠다. 아카리의 맨발이 눈에 들어왔는데, 맨발을 보는 건 처음이라는 걸 깨달았다. 사람은 밖에 나갈 때 신발을 신으니까 지금까지는 볼 기회가 없었던 것이다.

샴페인을 홀짝이며 아카리가 만든 초콜릿 케이크를 먹었다. 내가 케이크를 순식간에 먹어 치우자, 아카리는 더 있다면서 내 오른쪽 어깨를 짚고 웃으며 일어섰다. 일어설 때 아카리의 뼈 어디선가 뚝 소리가 났다. 앉아 있기만 하면 술과 케이크가 나오니 상팔자가 따로 없었다. 신발을 벗은 내 발에서 냄새가 나는 건 아닐까 염려됐지만, 아카리가 언제 이쪽을 돌아볼지 몰랐으므로 냄새를 맡아서 확인할 수는 없었다.

"여자친구 분이랑은 잘 지내고 있나요?"

아카리는 케이크 한 접시와 함께 유리잔을 가져오더니 당연하다는 듯 샴페인을 따라 마셨다. 나는 그에 대해 무언가 말하려고 했지만 도중에 뭘 말하고 싶은지 알 수 없게 되어 그만두었다. 아카리가 아까보다 훨씬 가까이 앉아서 어깨와 팔이 닿아 있었다. 그 사실을 의식하자 다른 건 좀처럼 생각할 수 없었다. 샴페인을 한 모금 마시고 잘 모르겠다고 대답했다. 아까보다도 천장과 벽이 더 가깝게 느껴졌다. 십이간지의 이름이 붙은 빨간 송사리들을 보고 싶었지만, 수조가 내 바로 뒤에 있어서 잘 볼 수 없었다.

아카리가 내 오른쪽 어깨에 몸을 기댔다. 내 어깨는 베개나 쿠션과 달리 딱딱해서 편안하지 않을 것이다. 나는 아카리의 몸에 팔을 두르고 움직이지 않도록 고정해주었다.

"사실 최근엔 별로 안 만나. 나도 요즘은 시험공부로 바빴지만 마이코는, 이름이 마이코인데, 마이코는 정치가를 목표로 하고 있어서 나 같은 사람보다 훨씬 바쁘거든. 적어도 스물여섯까지는 회사에서 일할 생각이라니까, 지금은 취업준비도 해야 하고. 정치가라니, 난 아무리 열심히 해도 안되겠지만 마이코라면 정말 할 수 있을지도 몰라. 굉장히 노력하니까, 마이코가 못 한다면 누가 할까 싶어. 오늘은 시험이 끝났으니까 만날까 했었어. 그런데 갑자기 아는 의원네 집에서 저녁 식사를 하게 됐대. 아쉽지만 다른 의원도 온다고 하니까, 마이코의 미래를 위해서는 좋은 기회일 거야. 마이코가 정치가가 되면 나도 기쁠 거야. 마이코에게 맡겨두면 뭐든 다 잘될 테니까, 난 마이코에게 투표하겠지. 빠르면 3년 후일까. 기대돼. 마이코도 그렇지만, 마이코뿐만 아니라 노력하는 사람들은 모두 꿈을 이뤘으면 좋겠어. 그렇게 생각하지 않아?"

"마이코 씨는 왜 정치가가 되고 싶어 하는 건가요?"

나는 아카리의 목을 만졌다. 처음 만난 날부터 계속 만지고 싶었다. 아카리의 목은 내 팔뚝 정도의 굵기

밖에 되지 않았다. 더 근육을 키워야지, 이래서야 너무 위험하다. 천천히 아카리의 턱을 들어 올려 키스를 했다. 아카리는 거부하지 않았다. 지금까지 다른 것에 정신이 팔려 있던 탓에, 나는 내가 벌레를 만진 손으로 아카리를 만지고, 벌레를 만진 손으로 케이크를 먹었다는 사실을 이 순간 처음 깨달았다. 그래도 아카리는 어차피 모를 테고, 이제 와서 손을 씻으러 가는 게 더 실례일 거라고 생각했다.

아카리의 몸을 천천히 들어 올려 침대 위에 눕혔다. 아카리의 가벼운 몸을 들어 올리는 건 너무나도 쉬웠다. 그러나 내가 침대 위로 올라가려고 하자, 아카리가 기다려 달라고 말했다. 나는 잘 훈련된 개처럼 마룻바닥에 앉아 얌전히 기다렸다. 침대 밑을 손가락으로 쓸어보니 깨끗하게 청소가 되어 있었다.

아카리는 지금까지 이런 경험이 없어서 조금 무섭다고 말했다. 나는 무섭게 만든 걸 사과했다. 아카리는 얇은 이불을 눈 아래까지 끌어올려 덮고는 고개를 살짝 저었다. 나는 아카리의 허락을 얻어 화장실에 갔다. 손을 씻기에는 좋은 타이밍이라고 생각했기 때문이다. 그리고 화장실에서 나왔는데, 침대 위에 아카리가 없었다.

커튼을 열고 베란다를 살펴봤다. 아카리의 모습은 없었다. 현관으로 가보니 아카리가 오늘 신은 회색 스니커가 놓여 있었다. 처음 만난 날에도 아카리는 이 스니커를 신고 있었다. 문을 반 정도 열고 밖을 내다봤다. 역시 아카리는 없었다.

"오우, 깜짝이야."

소리가 난 쪽을 보자, 쉰 살 정도의 키 작은 남자가 서 있었다.

"야마모토의 유령인 줄 알았네. 문에서 목만 나와 있어서."

남자는 옆집 문에 열쇠를 꽂으려고 하면서 말했다.

손을 보지 않고 있어서, 열쇠구멍이 아닌 곳에 열쇠가 닿아 딱딱 하는 소리가 났다. 남자의 얼굴은 좌우가 많이 달랐다. 오른쪽 눈은 크게 부릅떠져 있었지만 왼쪽은 눈꺼풀이 처져서 눈동자를 반 정도 가리고 있었다. 입가는 웃고 있었다. 송사리가 모여 있는 것처럼 입술이 빨갰다. 왼손에 든 갈색 비닐봉투에 도시락과 잡지, 페트 음료가 들어 있었다.

방 안으로 돌아와 아카리에게 전화를 걸었다. 전파가 닿지 않는 곳에 있거나 전원이 꺼져 있다고 한다. 베란다에 나가 아래를 내려다보았다. 통통한 회색 고양이와 눈이 마주쳤다.

창문을 닫고 수조 앞에 앉았다. 빨간 송사리를 세어보고 열두 마리가 있는 걸 확인했다. 다시 한 번 아카리에게 전화를 걸었지만, 여전히 전파가 닿지 않는 곳에 있거나 전원이 꺼져 있다고 한다. 무심코 침대 아래를 보자, 그곳에 눈이 있었다. 아카리가 나를 보고 있었다.

"계속 여기에서 보고 있었는데, 전혀 눈치채지 못하네요. 요전번에 숨바꼭질 서클에 갔을 때도 이렇게 술래 가까이에 있었어요. 그런데 전혀 찾지 못하더라고요."

아카리는 웃으면서 팔 힘으로 기어 나왔다. 엎드려 있어서인지 마치 다른 사람 같은 낮은 목소리가 흘러나왔다.

아카리는 내 허벅지 위에 머리를 얹고 고양이처럼 몸을 둥글게 말았다. 그리고 고개를 돌려 나를 올려다봤다. 내가 오른손으로 목을 쓰다듬자, 턱과 가슴 사이에 내 손을 가볍게 끼웠다.

"상대가 볼을 갖고 달려와. 우리는 그걸 막으려고 태클을 하러 가지. 그러면 상대는 어떻게 할까?"

스텝을 밟아서 비키려고 한다고 포워드 지망인 1학년이 말했다. 올해 들어온 1학년 중에서는 가장 체격이 컸고, 그래서인지 꽤나 당당했다. 강호 학교와의 경기에서도 이런 태도로 임해준다면 더욱 좋겠다. 나는 그의 눈을 보며 고개를 끄덕였다.

"맞아. 부딪쳐오는 녀석도 있지만 보통은 우선 비키려고 하거나, 비키지는 않더라도 직격은 피하려고 하지. 그럴 땐 상대의 허리를 보면 된다. 허리는 거짓말을 하지 않아. 허리를 보면 상대가 어느 쪽으로 달리려고 하는지 알 수 있어. 그리고 팔과 상반신만으로 태클하려고 하지 마라. 발을 확실하게 움직여서 상대의 가랑이 바로 아래를 디디는 거다."

그렇게 말하면서 나는 짧은 보폭으로 공을 가진 3학년 선수에게 접근했다. 이 선수가 현재 주장이다. 주장의 가랑이 바로 아래에 발을 디디고 그의 몸에 오른쪽 어깨를 가볍게 댔다. 동시에 양팔로 그를 단단히 붙잡았다.

"이렇게 몸을 갖다 댐과 동시에 양팔로 상대를 확실하게 바인드해. 그리고 팔을 끌어당기면서 발은 앞으로 전진하고, 상대를 반대편으로 밀어내면서 쓰러뜨린다."

주장을 천천히 쓰러뜨리고 나는 바로 일어섰다. 다음 플레이에 대비해 다시 한 번 언제든 태클하러 갈 수 있는 자세를 취했다.

"지금 보여준 것처럼, 태클을 하고 상대를 쓰러뜨린다고 끝이 아냐. 바로 일어나서 다음 플레이로 이동해야 하지. 다음에 달려오는 녀석도 내가 막겠다는 마음으로. 힘들어도 몇 번이고 일어서. 좀비처럼. 그래, 모두 좀비가 되어야 해. 지금부터 너희들은 좀비다. 좀비처럼 끝까지 다시 일어서야 이길 수 있다. 나는 현역 시절에 실제로 내가 좀비라고 생각하면서 경기했고, 그건 꽤 효과적이었어. 좀비니까 몇 번이든 다시 일어나는 건 당연하고, 통증이나 피로도 느끼지 않지. 죽었으니까 아무것도 몰라. 자기보다 덩치가 큰 녀석에게 태클하는 게 무서울 수도 있지만 그런 공포도 사라져. 좀비는 무섭다는 감정이 없으니까. 오히려 다른 사람들이 좀비를 무서워하지. 총을 겨눠도 꿈쩍 안 하는데, 덩치 큰 녀석이 달려온다고 해서 무섭지는 않겠지? 좀비는……."

무언가 좀 더 말하고 싶은 게, 전하고 싶은 게 있는 것 같았지만, 사사키가 손뼉을 치며 둘씩 조를 짜라고 해서 더 이상 이야기를 계속할 수 없었다.

선수들은 역할을 바꿔가며 태클 연습을 시작했다. 나는 그들 사이를 돌아다니며 적절하고 필요한 조언을 했다. 1학년 중에는 좀처럼 태클 자세를 잘 취하지 못하는 녀석도 있었다. 나는 시범을 보여가며 그들에게 끈기 있게 적절한 폼을 알려줬다. 잘못된 자세로는 충분히 힘을 발휘할 수 없고 강한 적을 막을 수도 없을 뿐더러, 특히 상대의 몸 앞으로 머리를 들이대거나 머리를 숙인 상태로 태클을 하는 건 중대한 사고로 이어진다. 자칫하면 목숨을 잃는다. 머리로 생각하지 않아도 몸이 자연스럽게 적절한 자세를 취하게 되기까지 반복해서 연습해야 한다.

상급생은 올바른 태클 폼을 알고 있는 걸 전제로, 볼 캐리어와 태클러가 짝을 지어 실전처럼 몸싸움을 해보도록 요구했다. 이건 굳이 말하자면 태클에 주안점을 둔 연습이지만, 태클을 받는 쪽도 많은 걸 익힐 수 있다. 상대의 태클을 피하거나 조금이라도 유리한 자세로 태클을 받으려면 어떻게 해야 하나. 한 발짝이라도 더 앞으로 나아가려면 몸을 어떻게 써야 하나. 태클을 받은 뒤에는 볼을 어떻게 놓아야 하나. 그러나 그저 정면으로 부딪치기만 할 뿐, 아무래도 연습의 취지를 잘 이해하지 못한 조가 있어서 내가 시범을 보이기로 했다.

휘슬이 울리고, 바로 공을 집었다. 태클러와의 거리는 짧았고, 마크하는 선수로 인해 공간이 제한되어 있어서 피할 수는 없다. 애초에 피하는 게 목적이 아니다. 그러나 약간의 변화를 주어 상대의 태클을 피하려는 동작은 태클러를 위해서도 좋으며 오히려 장려된다. 나는 몸을 한 차례 왼쪽으로 틀었다가 오른쪽으로 파고들었다. 좌우 같은 강도로 태클을 들어가는 게 바람직하지만, 그렇지 않은 선수도 있다. 오른손잡이가 많은 이상, 좌우를 고를 수 있다면 상대의 왼쪽을 노리는 게 좋다.

내 움직임에 걸려들었는지 그의 태클이 한 박자 늦어졌다. 우리들의 몸이 부딪친 건 내게 있어서 최적의 타이밍이었고, 그에게는 그렇지 않았다. 그는 몸싸움에서 일단 한 번 밀린 뒤 다시 팔을 뻗었지만, 나도 팔을 사용해서 그의 팔을 밀쳐냈다.

나는 이걸 몇 번이나 반복했다. 그가 한 번이라도 나를 쓰러뜨린다면 끝낼 생각이었지만, 그는 끈덕지게 실패했다. 그리고 나를 쓰러뜨리기는커녕, 점점 태클의 퀄리티가 떨어졌다. 명백히 체력이 달렸다. 하는 수 없이 60초간 휴식을 취한 뒤 다시 한 번 시켰다. 그는 이번에도 나를 쓰러뜨리지 못했다. 사사키가 슬슬 다음 연습으로 넘어가자고 했지만, 더 시간을 들이는 게 좋다고 나는 주장했다. 태클이 안되는데 다른 걸 시킬 수는 없다. 내 주장에는 이유가 있었으므로 사사키도 고개를 끄덕였다.

반복할수록 그는 점점 더 힘이 빠졌고 끝내 머리가 내려가기 시작했다. 고작 이 정도로 머리가 내려간다면 위험해서 경기에 내보낼 수 있을지조차 장담할 수 없다. 그를 밀어 넘어뜨리고 엄하게 질책했다. 그가 땅에 엉덩이를 붙인 채 내 말을 듣고 있어서 나는 또 한 번 그를 혼내야 했다. 그는 체력의 한계를 드러내듯 아주 천천히 일어섰다. 그러면 내가 그만둘 거라고 안이하게 생각했을 것이다. 나는 60초간 휴식하고 다시 시작하겠다고 말했다. 누군가가 내 어깨를 툭툭 쳤고, 돌아보니 사사키가 쓴웃음을 짓고 있었다. 오늘은 여기까지 하자, 라고 사사키가 말했다.

선수들의 모습을 살펴보니 너나없이 물속에 있는 것처럼 움직임이 둔했다. 개중에는 오래도록 바닥에 뻗어 있는 녀석도 있었는데, 무슨 생각으로 그러고 있는 건지 잘 이해할 수 없었다. 앞으로는 내가 없을 때에도 태클 연습에 이 정도로 시간을 들였으면 좋겠다고 사사키에게 요청했다.

연습이 끝난 뒤, 늘 그랬듯 사사키의 차에 탔다. 국도를 달리면서, 어째서 연습이 끝나면 항상 사사키네 집에 가는 건지 생각했다. 이건 좀 더 빨리 생각했어도 이상하지 않을 문제였지만, 의외로 아직 생각해본 적이 없었다. 그리고 동아리에 관한 이야기라면 학교에서도 할 수 있으니, 사사키네 집에 가는 건 즉, 고기를 먹기 위해서라는 사실을 발견했다. 그러나 막상 답이 나오자 이전에도 같은 걸 생각했던 것 같은 기분이 들었다. 나는 조수석에서 5분 정도 선잠을 잤다.

“올해는 사람이 꽤 많이 들어왔네요.”

내 목소리가 들떠 있는 게 이상했는데, 잠시 생각한 뒤 고기를 먹고 있어서라는 걸 알았다. 고기는 역시 맛있고, 입에 넣으면 기분이 좋다. 껌처럼 간단하게 항상 고기를 씹을 수 있다면 매일이 좀 더 행복해지리라.

"그래도 매년 몇 명씩은 꼭 그만두니까 말이야. 따라오지 못하는 애들이 항상 몇 명씩 생겨. 힘든 스포츠니까. 요스케 때도 있었잖아. 올해도 동아리 활동을 안 해본 애나 취주악부 출신이 있는데, 그 애들은 솔직히 좀 힘들지 않을까 싶어. 싸잡아서 말할 순 없으니 아직 모르겠지만. 물론 열심히 해준다면 고마운 일이지."

사사키가 철판 위에 채소를 늘어놓으며 말했다. 오늘은 사사키의 부인이 고등학교 동창회에 가서 이 자리엔 우리뿐이었다. 사사키의 부인은 집을 나서기 전에 채소를 썰고 철판을 꺼내놓아 주었다. 그래서 우리들은 거의 굽고 먹기만 하면 됐다.

"이제부터 시작이겠죠. 철저하게 하루 다섯 끼를 먹고, 웨이트를 해서 근육이 붙으면 플레이도 바뀔 겁니다."

"그래도 말이야, 이를테면 태클만 봐도, 할 수 있는

애는 요스케처럼 처음부터 할 수 있어. 못하는 애는 할 수 있게 되기까지 엄청 시간이 걸려."

그렇게 말하면서도 사사키는 웃는 얼굴이었다. 이 스포츠는 한 팀당 인원이 열다섯 명으로 많은 편인데 비해 스포츠 인구는 적고, 다른 종목보다도 부상에 따른 이탈이 잦다. 우리 같은 공립 고등학교는 한 학교만으로 팀을 만들 수 없어서 다른 학교와 연합 팀을 꾸리는 경우도 적지 않다. 팀을 꾸릴 수 있을 만큼 신입생을 확보해서 우선은 안심한 것이리라. 그러나 우리의 목표는 준결승 진출이므로 이 정도로 만족해서는 안 된다. 솔직히 말해서 이대로는 준준결승에 진출할 가능성도 적다고 나는 보고 있다. 입부 초기부터 갑자기 엄하게 가르치면 탈퇴하는 사람이 속출하니까 서서히 익숙해지게 하려는 건 안다. 하지만 슬슬 기어를 올려야 할 시기다. 사사키가 이 점을 어떻게 생각하고 있는지, 나도 지도부의 일원으로서 확인해둘 필요가 있었다.

“그건 그렇고, 너는 대체 어떻게 된 거야? 지금도 만날 때마다 몸이 더 좋아지잖아. 그렇게 단련해서 어디다 쓰려고?”

사사키가 말했다. 입안에 양배추가 보였다. 딱히 어디다 쓰려는 게 아니라, 단련하는 게 자연스러우니까 하는 것뿐이다. 텔레비전에서는 뉴스가 나오고 있었는데, 여자화장실에 소형 카메라를 설치한 혐의로 남성 경찰관이 체포되었다고 한다. 그보다 여자친구랑은 요즘 어떠냐고 사사키가 물었다. 입안에는 아직 양배추가 있었다. 양배추는 잘게 씹히고 짓눌려 타액에 휘감긴 채 꿈틀거리는 어두운 관 속으로 삼켜지려 하고 있었다.

냉장고에서 새 병맥주를 꺼내 사사키의 잔에 따랐다. 전에 말했던 친구와는 헤어졌고, 지금은 다른 친구와 사귀고 있다고 대답했다. 사사키는 웃으면서 내 왼쪽 어깨를 때렸다. 근육 갑옷을 몸에 두르고 있어서 아픔은 전혀 느껴지지 않았다. 필기시험을 끝낸 나는 다시 체육관에 다니고 있어서, 사사키의 말마따나 근육의 상태도 점점 좋아지고 있었다.

사사키는 아카리에 대해 꼬치꼬치 캐물었다. 사사키의 부인이 있었다면 절대 하지 않을 법한, 추잡한 질문도 많이 있었다. 오늘은 토요일이고, 내일은 사사키도 하루 종일 쉬는 날이다. 평소보다 술도 많이 들어가서, 나는 동아리에 대한 화제를 포기할 수밖에 없었다. 빠른 시일 내에 반드시 이야기를 나눠야 하지만, 상대가 취해 있어서야 의미가 없다.

막 사귀기 시작했으니까 당연하다면 당연한 일이지만, 나와 아카리의 관계는 지금으로선 양호했다. 신경 쓰이는 문제도 특별히 없었고, 꽤 잦은 빈도로 만나고 있었다. 평일에는 이삼 일에 한 번꼴로, 한 사람이 다른 사람의 집에 가서 그대로 아침까지 함께 보냈다.

일요일에는 외출을 하고, 밤이 되면 역시 누구 한 사람의 집에서 함께 보냈다.

마이코와 헤어진 날 밤, 나는 아카리네 집에 가서 첫 섹스를 했다. 결코 처음부터 그럴 작정으로 집에 찾아간 것이 아니라, 어디선가 만나서 이야기를 나누며 마이코와 헤어진 사실을 전달할 생각이었다. 아카리는 섹스 경험이 없다고 했으니, 나는 되도록 천천히 신중하게 일을 진행시키려고 했다. 그러나 아카리는 나를 집으로 불러서 오늘은 자고 가라고 했다.

그 이후 우리들은 만날 때마다 거르지 않고 섹스를 했다. 일단 시작하면 금방은 끝나지 않았고, 날이 샐 때까지 오래도록 하기도 했다. 나는 원래 섹스를 좋아한다. 왜냐하면 섹스를 하면 기분이 좋기 때문이다. 섹스만큼 기분 좋은 일을 나는 모른다. 섹스의 기회를 내가 그냥 흘려보낸 적은 없을 것이다. 한편 상대가 원하지 않는 섹스는 절대 하지 않는다. 그런 걸 하면 여자는 무척 지치게 되고, 경우에 따라서는 깊이 상처 입을 것이다. 여성에게 상냥하게 대하라고 아버지는 말했다. 원하지 않는 섹스 따위는 논외다. 다행히도 아카리는 섹스를 좋아하는 것 같았다. 내가 편할 대로 해석한 것일 뿐일까. 그렇지만 내가 눈을 떴을 때 아카리가 내 속옷 안에 손을 넣고 있던 적도 있었다. 섹스를 좋아하지 않는데 자고 있는 내 성기를 일부러 어루만질까?

딱 하나 그만뒀으면 하는 건, 섹스하는 도중에 내 성기와 이야기를 나누는 것이다. 성기에게 말을 걸 때는 존댓말을 쓰지 않으니까 내게 하는 말이 아니라는 걸 바로 알 수 있다. 내용은 그때그때 다르지만, 오늘은 뭘 먹었다는 둥, 어제는 만나지 못해서 쓸쓸했다는 둥, 대개는 시시한 이야기다. 이야기의 대상은 내 성기이지 내가 아니니까 당연히 나는 대답을 하지 않는다. 성기도 성기니까 대답을 하지 않지만, 아카리는 신경 쓰지 않고 혼자 대화를 계속한다. 그런 걸 좋아해서 성적

흥분을 느끼는 남자도 있는 걸까. 나로선 왠지 모르게 소외된 기분이라 재미없었다. 하지만 아카리의 방식을 최대한 존중하고 싶으므로 불평을 한 적은 없었다. 이토록 성적으로 충만한 나날을 보내는 것은 처음이었고, 그건 당연히 멋진 일이었다.

게다가 아카리는 요리를 무척 잘했다. 내가 아카리의 집에 갈 때도, 아카리가 우리 집에 올 때도 늘 음식을 만들었다. 언젠가 아카리는, 자기가 만든 음식이 내 몸 안으로 들어가서 내 피와 근육이 되는 것에 기쁨을 느낀다고 말했다. 다른 사람을 위해 요리를 해본 적이 없는 나로서는 이해하기 어려웠지만, 그렇게 생각해주는 건 기뻤다.

"혹시 오늘도 지금부터 데이트야?"

붉어진 얼굴로 사사키가 말했다. 우리는 아침까지 함께 있었으니까 오늘은 더 이상 만나지 않는다고 대답했다. 사사키는 웃으면서 내 어깨를 또 때렸다. 아픔은 역시 느껴지지 않았다.

○

그날, 한밤중에 눈을 떴다.

깊게 잠드는 편인 나는 아침이 오기 전에 눈을 뜨는 일이 거의 없었기에, 대체 무슨 일이 일어난 건지 알 수 없었다. 새하얀 벽을 멀뚱히 바라보고 있는데 인터폰이 울렸고, 그 소리에 잠이 깼다는 걸 알았다. 휴대전화로 시간을 확인하니 오전 한 시가 넘어 있었다. 이런 시간에 찾아올 만한 사람은 짐작 가지 않았다.

적당한 속옷과 바지, 셔츠를 걸치고 현관으로 향했다. 되도록 소리를 내지 않고 천천히 걸어갔고, 불도 켜지 않았다. 문구멍으로 밖을 엿보니 햄 같은 색상의 원피스를 입은 여자가 서 있었다. 마이코였다. 체인을 걸어둔 채로 문을 열어야 할지 잠시 고민하다 결국 체인을 풀었다.

문을 열자 마이코는 환하게 미소 지었다.

"늦은 시간에 미안. 막차를 놓친 것 같아. 술을 마시다가 잠깐 정신을 팔았나 봐. 갑자기 미안하지만 자고 가도 될까?"

갑작스러운 상황에 나는 할 말을 찾을 수가 없었다. 내가 아는 마이코는 결코 막차를 놓치지 않는다. 술을 마시든 분위기가 무르익든 상관없이, 날짜가 바뀌기 전에는 집에 돌아가 자기 침대에서 적어도 여섯 시간의 수면을 취하는 사람이었다. 약속도 없이 집에 찾아오는 일도 절대 하지 않았다.

여전히 상황을 파악하지 못한 채, 그건 안 된다고 나는 말했다. 내게는 아카리가 있으니까 다른 여자는 집에 들일 수 없다. 어째서냐고 마이코가 물었다. 구멍, 이라고 나는 생각했다. 입과 코는 즉 인간의 얼굴에 뚫린 구멍이라는 사실을 깨달은 것이다. 지금은 안구가

박혀 있지만, 눈구멍이라는 말이 있을 정도니까 눈도 결국 구멍이다.

"그건 불공평하잖아. 나랑 사귈 땐 아카리 씨랑 잤으면서."

나는 침묵했다. 왜냐하면 할 말이 하나도 떠오르지 않았기 때문이다. 마이코는 내 눈을 바라보다, 역시 그렇구나, 라고 말하고는 미소 지었다. 부정하려고 했지만 마이코가 손을 뻗어 저지했다.

"미안, 요스케에게 화를 내려고 온 건 아니야. 막차가 끊겨서 재워 달라고, 정말 그것뿐이야. 막차가 끊길 때까지 마신 적은 지금까지 없었으니까 어떻게 해야 할지 몰라서, 그래서 요스케한테 부탁해야겠다는 생각밖에 안 들었어. 쓸데없는 짓은 아무것도 안 할게. 아침까지 조금 쉴 수만 있으면 돼. 괜찮아, 아카리 씨만 모른다면. 모르면 아무것도 안 한 거랑 똑같아. 그렇지? 요스케도 그렇게 생각하잖아?"

천천히 문에서 비켜나 마이코를 안으로 들였다. 달리 어떻게 해야 할지 알 수 없었다. 누군가 상담할 사람이 있으면 좋았겠지만 여기에는 나뿐이었다.

문이 닫히기도 전에 마이코는 내 가슴에 얼굴을 묻었다. 마이코는 내 심장에 대고 이야기하듯 말했다.

"전에 내가 요스케랑 한 약속을 내팽개치고 고야마 선생님 댁에 간 적이 있었잖아. 오늘도 고야마 선생님이랑 같이 있었어. 좀처럼 예약하기 어려운 가게에 데려가주셨어. 깊숙한 곳에 있는 다다미가 깔린 방으로 안내받았지. 오늘따라 선생님이 술을 많이 드시더라고. 좋은 말씀을 끝도 없이 많이 해주셨어. 몇 번이나 집에 가려고 했는데, 자꾸 말리셔서 갈 수가 없었어. 그러다 겨우 술자리가 끝났는데, 오늘은 이미 늦었으니까 어디서 쉬고 가자시는 거야. 왠지 모르게 갑자기 머리가 멍해지면서 어떻게 해야 될지 모르겠더라고. 그래도 요스케를 떠올려서 여기 온 거야. 선생님께는 남자친구네 집에 가니까 괜찮다고 말하고. 아마 내가 거절하지 않을 거라고 생각하신 모양이야. 선생님은 기분이 상하신 것 같았어. 어쩌면 이제 뵐 수 없을지도 모르지. 요스케, 땀 냄새가 나네."

마이코가 내 손을 잡고 복도 안쪽으로 끌고 갔다. 조명을 켜지 않은 집 안은 거의 암흑이라고 해도 좋을 정도였다. 그런데도 마이코는 전혀 망설임 없이 복도를 걸어갔다.

거실로 들어서자 마이코는 나를 밀치듯이 침대에 눕혔다. 그리고 자기도 바로 침대 위로 올라왔다. 운동선수처럼 기민한 움직임이었다. 그리고 내 허벅지 위에 손을 올리더니 천천히 미끄러뜨려 성기를 만졌다.

"있잖아, 미안해. 많이 하게 해주질 못해서. 요스케는 분명 항상 참았던 거겠지. 혹시 그게 원인이었을까? 더 하게 해줬으면 좋았을 텐데. 그러면 지금도 나랑 사귀고 있었을까? 아카리 씨는 많이 하게 해주는 걸까?

맞아, 사진 같은 것 좀 보여줘. 나도 아카리 씨가 어떤 사람인지 보고 싶어. 요스케는 아는데 나만 아카리 씨를 모르는 건 불공평하잖아. 그래, 아카리 씨가 지금 우리들을 보면 어떻게 생각할까? 그래도 요스케를 좋아해줄까?”

마이코는 오른손만 이용해서 능숙하게 내 바지와 속옷을 내리고 성기를 쥐었다. 마이코의 손이 차가워서 나는 무심코 몸을 떨었다. 마이코는 성기를 잡고만 있을 뿐 손을 움직이지 않았다. 그 대신 키스를 하더니 내 입안에서 끊임없이 혀를 움직였다. 지금까지 경험한 적이 없을 정도로 긴 키스였는데, 아마 10분이나 20분 정도로는 끝나지 않았을 것이다.

키스한 뒤 마이코는 내 성기를 자기 안에 넣었다. 조금의 주저도 느껴지지 않는 움직임이었다. 마이코는 내 위에서 크고 부드럽게 허리를 움직였다. 마이코가 움직이는 건 처음이었지만, 마이코는 이 동작이 아주

익숙한 듯 보였다. 나는 참을 새도 없이 금방이라도 사정할 것 같았다. 그러자 마이코는 날렵하게 허리를 뺐다. 골목길을 건너는 쥐처럼 재빨랐다. 위쪽을 향하고 있던 성기가 내 얼굴 쪽으로 튕겨졌고, 바로 그 순간에 나는 사정했다. 정액은 거짓말처럼 천천히 튀었다. 그럼에도 불구하고 나는 몸을 피할 수 없었다. 정액이 내 코와 입, 셔츠에 묻었다. 방금 전까지 내 일부였던 만큼, 정액은 따뜻했다.

마이코는 속옷을 입고 일어서더니 그대로 침대 옆에 가만히 있었다. 그러고는 침대 위에 대자로 누워 있는 나를 오래도록 내려다보았다. 얼굴에 묻은 정액을 닦고 싶었지만, 마이코가 나를 바라보고 있는 동안에는 하지 않는 게 좋을 것 같았다.

이윽고 마이코는 아무 말 없이 부엌 쪽으로 향했다. 좀처럼 돌아오지 않아서 살펴보러 가니, 그곳에 이미 마이코의 모습은 없었다. 화장실과 욕실에도 없었다.

나는 문을 잠그고 체인을 건 뒤 욕실로 들어갔다. 무척 지쳐 있었지만, 자기 전에 얼굴과 셔츠에 묻은 정액을 닦아야 했다.

○

요스케 선배한테 해야 할 말이 있어요. 제가 사는 집은 소위 사고물건(정식 용어는 '심리적 하자 물건'으로, 해당 건물 안에서 입주자가 사망한 전력이 있는 부동산을 말한다. 일본에서는 이러한 부동산을 거래할 경우 거래 대상에게 해당 사항을 고지할 의무가 있다-옮긴이)이에요.

숨기려고 한 건 아니에요. 저도 오늘 아침에야 알았거든요. 가르쳐준 건 옆집에 사는 친절한 아저씨예요. 아가씨가 사는 집에 대해서 집주인에게 들은 게 있냐면서. 들은 게 없다고 하니까, 제 바로 전에 살던 야마모토 씨라는 삼십대 정도의 여자가 집 안에서 갑자기

죽었다고 친절하게 알려주셨어요. 아저씨가 집주인에게 들은 말로는 뭔가 병이 있었던 모양이에요. 그런데 그때 집주인의 말투가 좀 미심쩍어서 신경이 쓰인다네요. 이전에 남자랑 말다툼을 하는 소리가 들린 적도 있어서, 그런 것도 이래저래 연결 지어 생각하게 된다고요.

아저씨한테 들은 이야기를, 같은 수업을 듣는 하세베에게 말했어요. 하세베는 영감이 있다고 들어서 집안을 살펴봐주었으면 싶었던 거죠. 프랑스어 수업이 끝난 뒤, 우리는 같이 퍼스트키친에서 감자튀김을 먹고 우리 집으로 갔어요. 하세베는 집에 들어서자마자 있다, 있어, 하고 소란을 피웠어요. 천장에서 튀어나온 여자 얼굴이 침대를 똑바로 내려다보고 있다는 거예요. 베개에 머리를 대고 누우면 그녀와 딱 눈이 마주친다나요.

섬뜩한가요? 사실 저는 별로 신경 안 써요. 무섭다

기보다 오히려 웃음이 나올 것만 같아요. 천장에서 얼굴만 나와 있다니, 어쩐지 바보 같은 느낌이라서. 게다가 그녀는 이쪽을 노려보는 게 아니라 왠지 어리둥절한 얼굴을 하고 있대요. 분명 자기가 왜 이런 상황에 처한 건지 스스로도 모르는 거겠죠. 이 사람은 우리에게 나쁜 존재가 아니라고 하세베가 웃으면서 말했으니까, 해롭지도 않아요. 그 증거로 하세베도 조금 전까지 누워서 뒹굴거렸어요. 저도 왠지 피곤해서 눕고 싶었지만, 하세베가 침대를 차지해서 저는 계속 바닥에 앉아 있었죠.

후생노동성의 통계에 따르면 지금도 10퍼센트가 넘는 사람이 자택에서 사망하고, 과거로 거슬러 올라갈수록 그 비율이 높아진다고 해요. 그러니까 사람이 죽은 적이 있는 집이란 건, 그렇게 드물지도 않을 거예요. 저는 괜찮은데, 요스케 선배한테 말을 안 하는 건 왠지 속이는 것 같아서 일단 전해요. 그리고 혹시나 해서 말하지만, 하세베는 여자아이랍니다.

선배는 이런 게 신경 쓰이나요? 혹시 그렇다면 제가 선배네 집으로 가면 되니까 괜찮아요. 그래도 역시, 가끔은 와주면 기쁘겠어요.

○

개점과 거의 동시에 안으로 들어가 맥주를 주문했다. 이 근처의 가게에는 정오를 넘기면 점심시간을 맞이한 회사원이 단체로 찾아온다. 그러나 지금은 아직 우리뿐이어서 넓은 테이블을 자유롭게 사용할 수 있었다.

"자, 요스케의 필기시험 합격을 축하하며, 건배!"

이와나가가 잔을 들어 올렸고 나도 잔을 부딪쳤다. 이와나가는 고등학교 동아리 선배로, 내가 지금 응시한 시험에 작년에 합격하여 올해부터 직원으로 일하고 있었다. 배치된 곳은 병원이라고 한다. 이와나가는 나와 마찬가지로 3학년 때 팀의 주장을 맡았었다.

"죄송합니다, 평일 대낮부터. 일은 괜찮으세요?"

"괜찮아, 오늘은 오프라서. 한 달에 한 번은 토요일에 출근해야 되니까, 그 대신 평일에 하루 쉬거든. 딱히 이득을 보는 건 아니지만 왠지 이득인 기분이야, 평일에 쉴 수 있는 건."

동아리에 막 들어왔을 무렵, 이와나가는 살짝 비만기가 있었다고 한다. 남들보다 배로 훈련한 결과, 내가 입부할 즈음에는 탄탄한 육체가 되어 있었다. 포워드로서는 지나치게 슬림할 정도였다.

지금의 이와나가는 눈에 띄게 군살이 붙어 있었다. 작년에 만났을 때도 살쪘다고 생각했는데, 또 조금 체형이 바뀌어 있었다.

"잘 몰라서 여쭤보는데, 이와나가 선배는 병원에서 구체적으로 어떤 일을 하시나요? 접수 같은 업무인가요?"

"접수나 진료비 계산 같은 업무는 위탁하고 있어. 나는 일단 의료안전 담당인데, 이를테면 병원 안에서 실제로는 사고가 나지 않았지만 뭔가 조금만 잘못됐다면 사고로 이어졌을지도 모르는, 가슴이 철렁한 사례가 있잖아? 나는 그런 사례를 수집해서 분석하고, 실제 사고가 발생하기 전에 대책을 세우거나 연수를 통해 직원의 의식 향상을 도모하거나, 뭐 그런 일을 해."

여자 점원이 우리 바로 옆을 지나쳐 다른 테이블로 고기를 서빙했다. 뒤에서 바라본 여자는 좁은 어깨 폭과 작은 엉덩이가 아카리와 꼭 닮아 있었다. 여자가 이쪽으로 돌아왔다. 얼굴은 아카리와 닮지 않아서 나는 더 이상 여자를 보지 않았다.

"아니 뭐, 방금은 괜히 멋진 척 내가 다 하는 것처럼 말했지만, 실제로 대책을 강구하는 건 직책이 높은 의사나 간호사야. 연수 강의도 관리직이 하고. 나는 아직 뭐랄까, 그들의 수족이 되어 움직이고 있는 느낌이지. 그래도 아직 젊을 때 이렇게 현장에서 땀 흘리는 건 반드시 플러스가 될 거야. 분명 현장을 모르는 사람이 시책을 내놓거나 계획을 세우니까 문제가 생기는 거거든. 너도 합격해서 어디에 배속되고 싶은지 물어보면 병원이라고 해. 고등학교 후배가 와주면 나도 좋고, 의사나 간호사랑 만날 수 있는 귀중한 직장이니까 말이야. 실제로 내 선배는 수련의랑 술도 마시러 가고, 상사는 간호사랑 결혼했어. 나는 신입이니까 아직 찬스를 엿보는 단계지만, 다음에 만날 땐 소개할게. 귀여운 간호사 여자친구를 말이야."

어쩌다 무심코 진지한 이야기를 할라치면 그걸 얼버무리려는 듯 익살을 떠는 게 이와나가의 버릇이었다. 시험에 붙어서 기분도 좋았기에 나는 조금 소리를 내어 웃었다. 팀의 분위기가 처지면 그걸 다시 일으키는 건 늘 이와나가였다. 내가 플레이로 팀을 이끄는 타입이라면, 이와나가는 인성으로 팀을 뭉치게 하는 주장이었다.

고기를 다 먹을 즈음, 양복 차림의 남자가 들어와서 옆자리에 앉았다. 남자는 혼자였고, 목에 사원증 같은 것을 건 채 나와 같은 고기를 시켰다.

남자는 왼손으로 휴대전화를 조작하며, 다리를 넓게 벌리고 앉아 쩝쩝 소리를 내며 고기를 먹었다. 나는 꽤나 어릴 적부터, 혼자 밥을 먹는 남자들 중에는 쩝쩝거리는 소리를 내는 사람이 많다는 사실을 알고 있었다. 오랫동안 혼자 밥을 먹는 사이에 쩝쩝 소리를 내게 되는 걸까, 아니면 쩝쩝 소리를 내니까 아무도 함께 밥을 먹지 않게 되는 걸까. 이와나가가 내 몫까지 계산했다. 꼭 그래서만은 아니지만, 이와나가와의 인연은 앞으로도 소중히 해야겠다고 생각했다.

이와나가와 헤어지고 학교로 향했다. 도서관에 가서 면접 대비 자기소개서를 쓸 작정이었다. 산들바람이 기분 좋게 불어와 덥지도 춥지도 않았다. 맛있는 고기로 배도 채웠으니, 오늘은 분명 좋은 하루가 되리라.

학교 경비원이 내게 공손하게 인사를 해서 나도 마주 인사했다. 경비원은 대략 예순 정도의 나이로 보였다. 가족은 있을까. 아니면 혼자일까. 오늘은 그에게 폐를 끼치는 인간이 나타나지 않기를 빌었다. 그렇지만, 의미 없는 행위다.

경비원은 내 뒤에 온 학생에게도 인사를 했다. 마스크를 끼고 머리카락을 갈색으로 물들인 남자였다. 그는 경비원을 무시하고 휴대전화를 보며 걸었다. 휴대전화가 진동해서 화면을 확인하니 마이코에게서 걸려온 전화였다. 마이코가 한밤중에 갑자기 찾아왔던 날 이후, 우리들은 일절 연락을 하지 않았다.

"어제 합격 발표였지."

전화를 받자 마이코는 인사도 하는 둥 마는 둥 그렇게 말했다. 발표 날짜를 마이코에게 알려준 기억은 없었다. 합격했어, 라고 나는 말했다. 그리고 뒤돌아서 경비원을 봤다.

"요스케라면 합격할 거라고 생각했어. 있잖아, 지금 미타에 있으면 같이 점심 안 먹을래? 나도 아직 수업이 남았는데 잠깐 시간이 비어서. 일단 카페에서 기다릴게."

이미 고기를 먹었다고 말하자, 그러면 케이크를 먹으면 된다고 마이코가 말했다. 내가 대답을 하지 않는 사이에 전화가 끊겼다.

카페는 넓었지만 마이코는 금방 눈에 띄었다. 창가 근처의 밖이 잘 보이는 자리에서 무언가를 마시고 있었다. 카페는 4층에 있어서, 창가 자리에 앉으면 그럭저럭 나쁘지 않은 조망을 확보할 수 있었다. 나는 마이코가 그런 자리를 좋아하는 걸 알고 있었다.

내가 맞은편 의자에 앉자, 마이코는 우아하게 미소지었다.

“미안, 갑자기 불러내서. 어디 나갈까? 아니면 여기 괜찮아?”

여기도 괜찮다고 나는 말했다. 케이크를 먹고 싶은 만큼 사주겠다고 마이코가 말했다. 거절하고 아이스커피를 사러 갔다. 그러자 마이코도 지갑을 들고 내 뒤를 따라왔다. 대학 구내에서도 때때로 도둑질이 발생한다고 들었다. 짐을 지킬 사람이 없어져서 걱정이었다. 마이코가 나를 앞질러 아이스커피와 초콜릿 케이크를 샀다. 나는 짐 쪽을 보고 있었다.

케이크는 마이코가 들고 와서 나는 음료만 가지고 오면 됐다. 마이코가 오늘 입은 원피스는 초콜릿 케이크와 비슷한 색이었다. 굳이 말하자면 원피스의 색이 더 연했다. 마이코의 무릎 뒤쪽을 봤다. 자리로 돌아가자 우리의 짐은 아직 그곳에 잘 있었다.

“아카리 씨랑은 그 뒤로 어때?”

마이코가 자기 몫의 아이스커피를 마시면서 물었

다. 나는 마이코의 안색을 살피면서 계속 만나고 있다고만 대답했다. 그건 아쉽네, 하고 마이코는 미소 지었다. 그다지 아쉬워 보이지는 않았다. 그러나 속으로는 어떻게 생각하고 있는지, 결국 나는 알 수 없었다.

다른 이야기인데, 하고 마이코가 말했다.

"요스케랑 같은 반이었을 때, 내가 무슨 담당이었는지 기억해?"

생물 담당이라고 나는 바로 대답했다. 교실에서 기르는 송사리를 보살피는 것이 마이코의 역할이었고, 나는 마이코가 송사리에게 먹이를 주는 모습을 때때로 옆에서 지켜보았다. 마이코는 늘 정해진 간격으로, 정해진 양의 먹이를 주었다. 수조에 조금이라도 이상이 생기면 선생님께 말씀드려 개선했고, 송사리들은 대체로 다들 오래 살았다.

"맞아, 생물 담당. 그런데 그걸 기억하는 건 이제 요스케 정도밖에 없지 않을까."

나는 일단 고개를 끄덕였지만 마이코가 무슨 말을 하려는 건지 짐작할 수가 없었다. 마이코가 창밖을 바라보기에 나도 그 모습을 따라했다. 우리 자리에서는 캠퍼스 중앙의 정원이 보였다. 벤치에 앉아서 책을 읽고 있던 기모노 차림의 학생이 일어서더니 느린 걸음으로 도서관에 들어갔다. 저런 차림으로 학교에 오는 건 대부분 문학부 사람이라고, 문학부인 히자가 전에 말한 적이 있었다.

있잖아, 할 말이 있는데, 라고 마이코가 말했다. 나는 창밖을 바라보는 것을 그만두고 자세를 가다듬었다. 마이코는 아이스커피를 한 모금 마시고, 자세를 고쳐 앉는 시늉을 하더니 이야기를 시작했다.

○

초등학생 때, 아직 저학년이었으니까 요스케랑 같

은 반이 되기 전인데, 독감에 걸렸었어. 약을 먹고 금방 좋아지긴 했는데, 그래도 증상이 나타나고 닷새간은 밖에 나가면 안 된다고 해서 학교를 쉬고 집에 있었지.

그날은 증상이 나타난 지 닷새째 되는 날이었고, 나는 독감에 걸리기 전과 비슷한 정도로 건강을 회복했어. 그러니까 나를 최대한 혼자 두지 않고 간병해주던 엄마도, 점심 무렵에는 돌아오겠다고, 돌아오면 점심밥을 해줄 테니까 같이 먹자고 말하곤, 그날은 아침부터 볼일이 있어서 외출을 했어. 엄마는 상냥한 사람이었으니까 외출하기 직전까지도 나를 염려했어. 조금이라도 상태가 안 좋아지면 바로 전화하는 거야, 하고 큰 글씨로 전화번호를 적은 종이를 유선전화기에 찰싹 붙여놓았어. 엄마 전화번호는 외우고 있다고 하니까, 꼭 중요할 때 생각이 안 나는 법이란다, 하고 말했어. 걱정이 많은 사람이라고 생각했지.

나는 더 이상 누워 있을 필요도 없었으니까 아침

부터 공부를 하고 있었어. 내가 생각해도 참 성실한데, 학교를 며칠씩 쉬었으니까 수업을 따라갈 수 없을까 봐 무서웠던 거야. 학교에 갈 때와 똑같은 시간에 일어나서, 잠옷이 아니라 학교에도 입고 갈 수 있는 제대로 된 외출복을 입었어. 시간표를 확인하고, 학교에서 산수 수업을 할 시간이면 나도 산수를 했어. 화장실에 가거나 물을 마시는 것도 쉬는 시간까지 참고, 국어 시간이 되면 국어를 했어. 학교랑 다르게 수업종이 울리지 않으니까, 그건 내가 직접 노래했어. 아마 학교놀이 같은 걸 하고 싶었던 것 같아.

감사하게도 나는 초등학교에 입학하면서 내 방이 생겼고 방에는 책상도 있었어. 그렇지만 거실에는 큰 테이블도 있었고 개도 있어서, 그때는 거실에서 공부를 했어. 개는 검은 털의 미니어처 닥스훈트였는데, 피아노맨이라는 이름이었어. 피아노맨은 내가 태어나기 전부터 집에 있었으니까 노견이라고 할 만한 나이였어. 항상 별로 움직이지도 않고, 거실의 정해진 자리에서 김밥처럼 축 늘어진 채 엎드려 있곤 했지. 실제로 그 몇 달 뒤에는 죽고 말았어. 그러니까 요스케는 피아노맨을 만난 적이 없을 거야. 착하고 용감한, 좋은 아이였어.

의자 방향을 조절해서, 교과서와 공책을 보면서 동시에 피아노맨도 시야에 들어오게 했어. 그러면 혼자서도 외롭지 않았거든. 그렇게 공부를 하고 있는데, 현관문이 열리는 소리가 들린 거야.

나는 당연히 엄마가 돌아왔을 거라고 생각했어. 아빠는 항상 밤늦게야 돌아오니까, 엄마 말고는 생각할 수 없었지. 시계를 보고 아직 점심을 먹기에는 좀 이르다는 생각은 했지만, 생각보다 빨리 볼일이 끝났다든가, 그런 이유는 얼마든지 생각할 수 있잖아. 그렇지만 바로 뭔가 이상하다는 걸 깨달았어. 피아노맨이 움직이지 않았거든.

피아노맨은 누가 오면 현관을 살피러 가. 그리고 가족이면 꼬리를 흔들면서 다리에 매달리고, 모르는 사람이면 가족을 지키려고 열심히 짖어. 그러니까 누가 왔는데도 피아노맨이 움직이지 않는다는 건 있을 수 없는 일이었지. 그래도 나는 잘못 들었다고는 생각하지 않았어. 그보다는 피아노맨이 이제 귀가 잘 안 들리게 되었다든가, 현관까지 마중 나갈 체력이 없어졌다든가, 그런 가능성을 생각했지.

그런데 엄마가 좀처럼 거실로 들어오지 않는 거야. 나는 현관까지 살펴보러 가기로 했어. 거실을 가로지르는 나를, 피아노맨이 엎드린 채 눈으로 좇았어. 아무도 안 왔어, 하고 말하는 것처럼 보였지. 피아노맨의 말대로, 말을 한 건 아니지만, 아무튼 현관에는 아무도 없었어. 문도 잠긴 채였고.

거실로 돌아와서 국어를 계속 공부하기 시작했어. 그렇지만 더 이상 공부에 집중할 수 없었어. 그럴 리가 없는데도, 집 안에 누가 숨어든 건 아닐까 하는 상상이 자꾸 들었거든. 갑자기 불안해지면서, 내가 있는 거실조차 조금 전까지와 뭔가 달라진 것처럼 느껴졌어. 피아노맨은 몸을 뒤척였는지, 내가 현관의 상황을 보러 가기 전이랑 자세가 달라져 있었어. 엉덩이를 내 쪽으로 향하고 있어서 내 위치에서는 얼굴이 보이지 않게 된 거야. 이 피아노맨은 정말 내가 아는 피아노맨일까, 그런 생각을 했어.

나는 거실에서 나가 집 안의 방을 하나하나 확인하기로 했어. 나이에 비해서는 현실적인 생각을 하는 아이였으니까, 정말로 집 안에 누가 있을 거라고는 생각하지 않았어. 이상한 상상을 하는 내 자신을 진정시키기 위한 의식으로서, 시험 삼아 한번 해보자는 생각이었지. 가능하면 피아노맨이 따라와주길 바랐지만, 그는 역시 나를 눈으로 좇을 뿐이었어.

우리 집인데 그럴 필요는 없었지만, 일단 발소리를

죽이고 복도를 걸어갔어. 욕실과 화장실이 특히 신경 쓰였지만 무서워서 뒤로 미뤘어. 응접실과 서재, 옷과 신발을 두는 방을 살펴보고 역시 아무런 이상이 없다는 걸 확인했어. 자신감이 생겨서 화장실 문도 욕실 문도 확 열어젖혔어. 욕실은 만일을 대비해, 욕조 안에 아무도 숨어 있지 않다는 것까지 확인했어. 화장실과 욕실만 패스하면 남은 건 그냥 덤 같은 거였지.

힘차게 2층으로 올라갔어. 그때쯤엔 이미, 친구랑 숨바꼭질을 하며 노는 것 같은 느낌이었어. 숨을 곳이 아주 많았으니까, 그 당시 친구들은 우리 집에서 숨바꼭질을 하고 싶어 했거든. 우리 집은 내가 제일 잘 아니까, 나는 친구들을 찾아내는 게 특기였어. 아빠 침실을 확인하고, 엄마 침실을 확인했어. 마지막으로 내 방의 문을 열었을 때, 내 침대 위에 남자가 누워 있는 걸 발견했어.

남자는 똑바로 누워서 솜털 이불을 가슴까지 덮고,

그 위로 따뜻한 꽃무늬 담요를 덮고 있었어. 머리는 베개 위에 놓여 있었어. 그 모든 침구는 물론 내가 평소에 쓰는 것들이었지. 남자는 팔을 이불 밖으로 꺼낸 채, 가슴 위에서 양 손가락을 단단하게 깍지 끼고 있었어.

무슨 일이 일어나고 있는 건지 잘 알 수 없었지만, 다행히 남자가 나를 눈치챈 것 같지는 않았어. 잠들었는지도 몰라. 조용히 계단을 내려와서 거실로 갔어. 무엇보다 우선 집 밖으로 나가야 했지만, 그때는 엄마에게 도움을 청하려고 생각한 거야. 그런데 내가 전화번호를 다 누르기도 전에 2층에서 무시무시한 소리가 들려왔어. 몸을 부딪쳐서 문을 부수고, 그대로 계단으로 굴러 떨어지는 듯한 소리였어.

현관은 계단 쪽에 있어서 거실 창문으로 도망칠 수밖에 없었어. 신발을 신을 수 없었지만 달리 방법이 없었지. 잠금장치를 열고 창문을 열었어. 동시에 거실 문이 벌컥 열렸어. 남자는 겨울인데도 반팔 반바지 차림에 목이 긴 양말을 신고, 마치 이제부터 어떤 경기에 나갈 것만 같은 모습이었어. 키가 크고 근육이 잔뜩 붙어 있어서 나는 너무 무서웠어. 몸이 굳어서 움직일 수도 없었어. 어른은 애들보다 훨씬 달리기가 빠르다는 걸, 나는 체육 수업이나 운동회를 통해 알고 있었어. 밖으로 나가봤자 금방 따라잡힐 거고, 그 굵직한 팔에 붙들리면 결코 도망칠 수 없을 거라고 생각했어.

그런데 그때, 피아노맨이 짖으면서 남자에게 달려들었어. 그때의 피아노맨은 정말이지 재빨랐어. 전에 요스케가 가르쳐준 적 있었지. 겁먹지 않고 적의 발목을 파고드는 게 좋은 태클이라고. 그 정도로 낮은 자세로 태클을 들어가는 게 중요하다고. 그러면 몸집이 작은 선수라도 큰 선수를 이길 수 있다고. 그때의 피아노맨은, 그야말로 그런 느낌이었어.

피아노맨은 미니어처 닥스훈트니까 당연히 무척 몸집이 작은 데다가, 아까도 말했듯이 노견이었어. 아무리 애써도 남자를 이길 수 있을 리가 없었지. 그런데도 남자는 격렬하게 짖으면서 무서운 기세로 달려드는 피아노맨에게 약간 겁을 먹은 것 같았어. 나는 겨우 몸을 움직일 수 있었어. 그리고 남자가 피아노맨을 분명 죽여버릴 거라고 생각했어. 그런 가능성을 알고 있으면서도, 결국 난 혼자 창으로 뛰쳐나갔어. 요스케, 나는 그때 피아노맨을 버린 셈이 되는 걸까?

집 앞쪽으로 돌아가려는데, 마당에 있는 자전거가 눈에 띄었어. 아빠가 사준 빨갛고 가벼운, 내가 좋아하는 자전거였어. 아빠와 엄마도 자주 도와줬고 나도 열심히 연습했으니까, 나는 꽤 빨리 자전거를 탈 수 있었지. 어른보다 빨리 달리려면 이 수밖에 없다고 생각했어. 게다가 맨발이었으니까, 잠깐 달렸는데도 이미 발바닥이 아팠거든. 나는 자전거를 타고 집을 빠져나갔어.

남자가 날 발견하기 전에 모퉁이를 돌고 싶었지만 실패했어. 남자는 몸을 앞으로 기울인 자세로 팔을 크게 흔들며 무시무시한 속도로 나를 쫓아왔어. 나와 남자의 거리는 점점 좁혀졌어. 맨발로 자전거 페달을 밟는 건 생각보다 어려웠고, 좀처럼 속도가 나지 않았어. 필사적으로 주변의 지리를 떠올리면서 내리막이 있는 쪽으로 향했어. 내리막에서는 조금씩 브레이크를 잡으면서 너무 속도가 나지 않도록 하라고 엄마가 말했었는데, 그 가르침을 어기고 말았어. 그렇게 빨리 달린 적이 없었으니까 무서워서 견딜 수가 없었어. 남자와의 거리는 조금 벌어졌지만, 그래도 완전히 따돌릴 수는 없었어.

나와 남자의 거리는 좁아졌다 벌어지기를 반복했어. 어쨌든 남자도 지친 모양인지, 처음처럼 엄청난 속도로는 달리지 못했어. 꽤 오래 달린 뒤에야 나는 겨우 남자를 따돌렸어. 그래도 어디선가 갑자기 남자가 뛰쳐나올 것만 같아서 방심하지 않고 계속 페달을 밟았어. 남자가 뒤에서 쫓아오는 것도 너무 무서웠지만, 모습이 보이지 않아서 어디에서 튀어나올지 모르는 것도 마찬가지로 무서웠어. 주위가 탁 트인, 남자가 어디에서 오더라도 도망치기 쉬운 길을 찾아서 겨우 멈췄어. 체력도 슬슬 바닥나고 있었지.

그날은 날씨가 좋아서 공기가 맑고 멀리까지 잘 보였어. 조금 떨어진 곳에 우리 학교가 아닌 다른 초등학교가 보였어. 그곳에 학교가 있다는 건 어렴풋이 알고 있었지만, 학교 건물을 제대로 본 건 처음이었어. 같은 초등학교인데도 형태가 많이 다르구나, 하고 당연하다면 당연한 걸 생각했지. 나는 학교 건물에 달린 시계를 바라보다 문득 깨달았어. 이제 곧 엄마가 돌아와도 이상하지 않을 시간이었던 거야. 어찌 된 영문인지 엄마가 돌아오기 전에 얼른 집에 가야 한다는 생각이 들었어. 엄마가 돌아왔을 때 내가 없으면 아마 엄청나게 걱정할 거라고 생각했지.

왔던 길로 되돌아가는 게 가장 빠르지만, 아무래도

그건 너무 위험했어. 그래서 돌아서 가기로 하고, 작은 언덕 같은 곳으로 향했어. 요스케도 기억해? 밤이 되면 동네 커플들이 야경을 보러 가곤 하던, 아마도 그 마을에서 가장 높은 곳. 거기서부터 단숨에 달려 내려가면, 남자가 나를 발견한다고 해도 내리막길이라 속도가 붙을 테니까, 그를 뿌리치고 집으로 돌아갈 수 있겠다는 작전이었어. 나는 남자가 문이 잠긴 집에 들어왔던 일 따위는 잊은 것처럼, 집으로 돌아가면, 그리고 엄마와 합류하면 안전하다고만 생각한 거야.

자전거로 갈 수 있는 가장 높은 곳에 도착한 뒤 잠깐 쉬었어. 긴 언덕을 올라가야 했으니까, 가는 도중에 자전거에서 내려서 손으로 끌고 갔어. 이제 와서 생각하면, 언덕을 올라가는 도중에 남자와 마주쳤다면 나는 꼼짝없이 잡혔을 거야. 몸은 축축 처지고, 무척 목이 말랐어. 자판기가 눈에 들어와서 물을 살지 차를 살지 고민하다가 돈을 안 갖고 온 걸 깨달았지. 무척 불안했고, 빨리 엄마를 만나고 싶었어. 그 장소에서는 내가 사는 동네가 잘 보였어. 집도 초등학교도 보였고, 그때는 장소를 몰랐지만 요스케네 집도 분명 보였을 거야. 그 남자가 어디 있는지도 알 수 있지 않을까 생각했지만, 그건 알 수 없었어.

심호흡을 하고, 긴 언덕을 브레이크를 잡지 않고 달려 내려갔어. 처음에는 순조로웠어. 얼굴에 닿는 바람이 기분 좋았고, 남자는 이미 내게 흥미를 잃고 한참 전에 어디로 가버린 것 아닐까, 그런 생각까지 했어. 얼마 있다가 멀찌감치 남자의 모습이 보였어. 남자는 나와 같은 방향으로 걷고 있었고, 두리번거리며 좌우를 확인하고 있었어. 전혀 포기한 모습이 아니었지. 그렇지만 아직은 뒤에서 달려오는 나를 눈치채지 못한 것 같았어.

샛길이 보여서 그쪽으로 핸들을 꺾으려고 했어. 그런데 그때 문득, NHK인가 어딘가에서 봤던 교육방송

이 떠올랐어. 아이들을 대상으로 물리 법칙을 해설하는 프로그램이었던 것 같아. 그 프로그램에서는 설령 작고 가벼운 물체라도 빠른 속도로 부딪치면 큰 충격이 가해진다는 점을, 컴퓨터 그래픽과 쉬운 단어를 이용해서 알기 쉽게 설명해줬지. 나는 내 속도에 대해 생각해봤어. 이 속도로 부딪친다면 어느 정도의 충격을 남자에게 줄 수 있을지 말이야. 게다가 나는 자전거를 타고 있었어. 죄가 없는 인간이 차에 치여 죽고, 술을 마시고 운전한 사람은 살아남는 것처럼, 무사하지 못할 쪽은 남자라고 생각했어. 브레이크를 전혀 잡지 않고, 오히려 페달을 최대한 빨리 밟아 전속력으로 남자에게 달려들었어.

소리를 들었는지 남자가 이쪽을 돌아봤어. 눈이 마주치고, 남자가 공포를 느끼고 있다는 걸 알았어. 그때는 이미 나와 남자의 거리가 상당히 가까웠어. 남자는 한순간 나를 받아내려는 것처럼 보였지만, 결국 겁이

났는지 아슬아슬한 순간에 왼쪽으로 피했어. 그것도 뭐 나쁘진 않았지. 나는 그대로 집을 향해 달려갔어.

그렇지만 남자는 그걸로 포기하지 않았어. 아주 잠시 멍하게 서 있었지만, 곧 불이 붙은 듯 쫓아왔어. 처음에 우리 집에서 뛰쳐나왔을 때보다도 빠른 속도였어. 내리막인데 나보다도 빨랐지. 남자는 달리면서 뭐라고 소리쳤어. 내용은 알아들을 수 없었지만, 분노나 증오 같은 건 충분히 전해졌어. 어째서 그런 감정을 내게 쏟아내는 건지 이유를 알 수 없었고, 나는 점점 더 무서워졌어.

집은 이미 보이기 시작했는데, 필사적으로 페달을 밟는 데 비해서는 좀처럼 가까워지지 않는 듯한 기분이 들었어. 붙잡힌다면 아마 죽임을 당할 거라고 생각했어. 그것도 그냥 죽는 게 아니라, 이를테면 나를 공으로 만들어서 축구를 한다든가, 그런 너무나도 무서운 방법으로 죽일 거라고 말이야. 숨도 잘 쉴 수 없었고, 무서워서 돌아볼 수조차 없었어. 그래서 남자가 얼마나 가까이 있는지도 알 수 없었고, 그래서 괜히 더 무서웠어.

남자가 금방이라도 내 목덜미를 붙잡는 건 아닐까 생각하면서 정신없이 마당으로 달려 들어갔어. 내팽개치듯 자전거에서 내려서, 이건 나중에 안 사실이지만 내가 좋아하던 빨간 자전거는 그때의 충격으로 바퀴 부분이 망가져서 결국 못 쓰게 되어버렸지. 나는 마당을 가로질러 거실 쪽으로 향했어. 열려 있던 창으로 구르듯이 들어가자, 바로 거기에 엄마가 앉아 있었어.

뛰어 들어온 나를 엄마는 깜짝 놀란 표정으로 바라봤어. 엄마가 그런 눈으로 날 본 건 그때가 처음이자 마지막이야. 아마 대체 무슨 일이 벌어진 건지 어안이 벙벙했겠지. 그래도 바로 꼭 끌어안아 주었어.

나는 우선 창문을 닫아야 한다는 생각에 엄마의 품속에서 재빨리 빠져나왔어. 창문을 잠그고 바깥을 엿보았지만 남자의 모습은 보이지 않았어. 나는 엄마에게 현관문을 잠갔는지 물었어. 영문을 모르겠다는 얼굴로, 엄마는 잠갔다고 말했어. 피아노맨이 천천히 다가와서 내 다리에 얼굴을 비비댔어. 다친 데는 전혀 없어 보였지. 나는 살짝 안심했고, 겨우 엄마 품에 안겼어. 그리고 바로…….

○

마이코는 거기서 말을 멈췄다. 바로 옆에 히자가 서 있었다.

"헤어졌다며?"

히자가 말했다. 맞아, 차였어, 라고 마이코가 말했다. 그들은 같은 부속 고등학교 학생이었으므로 히자와의 인연은 나보다 마이코가 더 길었다.

"너희들을 멋진 커플이라고 생각했는데. 나로선 아

쉽네. 그때 그 애지? 네 새로운 여자친구. 그 신입생 환영 공연에 왔던."

"너도 알아? 어떤 앤지 알려줘."

히자는 무언가를 찾는 듯 잽싸게 좌우를 확인했다. 나도 따라서 주위를 둘러보았지만, 우리에게 도움이 될 만한 건 아무것도 없었다.

"그래도 완전히 인연을 끊은 건 아닌가 보네."

"응, 친구가 됐어. 친구가 많아져서 좋아, 난."

히자는 우리들의 얼굴을 번갈아 쳐다보더니 무언가를 이해한 듯 고개를 끄덕이고는 출구 쪽으로 걸어갔다. 아주 보이지 않게 될 때까지, 우리 둘은 히자의 뒷모습을 가만히 바라보았다.

이윽고 마이코가 잊고 있었다는 듯이 아이스커피를 조금 마셨다. 그러고는 말이 끊겼네, 라며 미소 지었다.

"뒷이야기도 더 있지만, 아무튼 이날의 일이 자주

꿈에 나와. 꿈을 꾸는 건 꽤 오래전부터인데, 요즘 더 자주 꿔. 그리고 그때마다 무서운 생각이 들어. 더 좋은 추억도 많이 있었을 텐데. 어째서 이 꿈만 꾸는 걸까? 꿈에는 몇 가지 버전이 있는데, 공통적인 건 그날과는 달리 반드시 내가 남자한테 붙잡힌다는 거야. 붙잡히는 장면에서 꿈이 깨니까 그 뒤에 무슨 일을 당하는지는 알 수 없어. 그래도 오랫동안 남자에게 쫓겨 다닌 공포가 잠에서 깬 뒤에도 몸에 남아 있어. 나는 어떻게든 이건 꿈이고, 안전한 장소에 있다는 걸 스스로에게 일러주고, 그래서 겨우……."

마이코는 무심히 손목시계를 바라보더니 갑자기 당황한 기색을 보였다. 그리고 인사도 하는 둥 마는 둥 재빠른 걸음으로 카페를 빠져나갔다. 너무 여유를 부린 모양이었다. 그러나 마이코가 수업에 늦은 적은 한 번도 없었고, 앞으로도 그런 일이 있으리라고는 생각할 수 없었다. 분명 이번에도 늦지 않을 것이다.

마이코가 사준 초콜릿 케이크를 한입 먹었다. 마이코가 아이스커피를 반 정도 남기고 가서 내가 대신 다 마셨다.

"어라, 잘 안 미끄러지네."

아카리가 난처한 듯 웃으며 말했다. 나는 그 모습을 아래쪽에서 바라보고 있었다. 미끄럼틀에 올라가기는 했지만, 생각처럼 쭉 미끄러지지 않아 도중에 멈춰 버린 모양이었다. 아카리는 치마를 입고 있어서 속옷이 보일 것 같았다. 한 발짝 옆으로 가서 허리를 조금 숙이자 실제로 보였다. 나는 아카리의 남자친구니까 같이 미끄럼틀을 탔어도 좋았을지 모른다. 그러면 아카리는 더 기뻐했을까. 그러나 나는 내년에 대학을 졸업하니까, 이제 미끄럼틀에서 놀 나이는 아니었다.

"빨리 안 내려오면 다음 아이가 올 거야."

아카리보다 훨씬 작은 아이가 미끄럼틀을 오르려고 하고 있었다. 그 뒤에선 서른 살 정도의 여자가 비교적 진지한 표정으로 아카리를 보고 있었다. 자, 힘내, 하고 나는 말을 걸었다. 아카리는 창피하다고 중얼거리며 엉덩이를 앞으로 미끄러뜨려 천천히 내려왔다. 조금 떨어진 곳에 서른 살 정도의 남자가 앉아서 아카리를 보고 있었다. 내가 그랬던 것처럼 아카리의 속옷을 보려는 걸지도 모른다는 생각에, 남자를 견제하려고 그쪽을 향해 돌아섰다. 나는 아카리의 남자친구니까 속옷을 볼 수도 있지만 이 남자에게는 그럴 권리가 없고, 혹시 정말로 보려고 한다면 나는 그걸 막아야 한다. 다행히 남자는 금세 시선을 돌렸다. 나도 남자를 보는 걸 멈추고 아카리를 봤다. 그 남자를 보는 것보다는 아카리를 보는 게 기분이 좋다.

아카리가 미끄럼틀을 다 타고 내려온 뒤, 우리는 조금 전처럼 손을 잡았다. 미끄럼틀이 열을 빼앗아간 것인지 아카리의 손은 차가웠다.

우리에겐 이게 첫 여행이다. 며칠 전에 면접이 끝났고, 남은 건 결과를 기다리는 것뿐이었다. 나는 면접관의 질문에 그들이 바라는 대답을 잘한 것 같았다. 다른 곳에 지원할 생각은 없으니 내 취업활동은 이제 끝났다. 기말시험까지는 아직 여유가 있으니까 여행을 하기엔 좋은 타이밍이었다. 기온이 서서히 높아지고 있어서 시원한 곳으로 가자며 홋카이도로 정했다. 나는 아직 철이 들지 않았을 무렵에 딱 한 번 온 적이 있었지만, 아카리는 홋카이도가 처음이었다.

"이거, 다 벚나무네요."

아카리가 주위를 둘러보며 말했다. 벚나무 같아, 라고 나는 말했다. 우리가 있는 장소는 나무들로 둘러싸여 있었다. 나는 벚나무와 다른 나무를 구별할 수 없었다. 그러나 공원 팸플릿에 벚나무라고 쓰여 있으니까 벚나무일 것이다. 이 공원 전체가 세계적으로 유명한 조각가의 작품으로, 아카리가 잘 타지 못했던 미끄럼틀도 그 조각가가 디자인한 것이라고 한다.

봄이 되면 무척 예쁘겠어요, 하고 아카리가 말했다. 봄이 되면 또 올까, 하고 내가 말했다. 아카리는 내게 미소를 보였다. 홋카이도뿐만 아니라, 아카리는 여행을 간 적이 별로 없다고 한다. 나는 홋카이도에 또 오기보다는 아카리가 한 번도 간 적 없는 장소에 가서, 아카리가 아직 보지 못한 것을 보여주고 싶었다.

"비다."

아카리가 손바닥을 하늘로 향하며 중얼거렸다. 아카리의 손은 굽기 전의 빵과 비슷해서, 내 손과는 너무나도 질감이 달랐다. 그전까진 깨닫지 못했는데 확실히 가는 빗방울이 조금씩 흩날리고 있었다. 나는 가방에서 검은색 접이식 우산을 꺼냈다. 아카리는 하나로

같이 쓰면 된다며 자기 우산을 쓰려고 하지 않았다. 둘이 각각 우산을 쓰면 거리가 멀어지니까 싫다는 것이다. 내가 예쁘다고 말하자, 아카리는 어리둥절해하며 무슨 말인지 되물었다. 당연히 아카리 얘기라고 하자, 갑자기 무슨 말이냐며 웃었다. 갑자기가 아니라, 말하지 않았을 뿐 계속 생각하고 있었다고 나는 말했다. 그리고 개그 공연에서 봤을 때부터 그렇게 생각했고, 앞으로도 말로 하지 않을 뿐 늘 그렇게 생각할 거라며 내 소견을 말했다. 그러나 방금 전의 말은 하지 말았어야 했다. 왜냐하면 내일 일 같은 건 아무도 모르니까. 지금의 내가 아카리를 예쁘다고 생각하고 소중하게 여긴다고 해서 내일의 나도 그렇게 생각하리라고는 아무도 보증할 수 없을 것이다. 아카리의 어깨가 젖으면 안 되니까 우산은 각자 써야 한다고 나는 말했다. 그 사이에도 빗줄기는 점점 굵어지고 있었다.

예정보다 시간이 조금 빨랐지만, 우리는 예약해둔

호텔로 가기로 했다. 공원을 나와 버스정류장에서 버스를 기다렸다. 그 사이에 약간 쌀쌀해져서, 아카리에게 따뜻한 음료를 사주려고 가까운 자판기로 갔다. 여성은 몸을 차게 하면 안 좋다고 전에 텔레비전에서 봤던 기억이 있다. 그런데 자판기에는 찬 음료밖에 없었다. 조금 떨어진 곳에 있는 다른 자판기도 확인했지만, 역시 따뜻한 음료는 없었다. 다시 다른 자판기나 편의점을 찾아 나설 시간은 없었다. 나는 아카리에게 음료를 사주지 못하는 것이 무척 아쉬웠다. 그러자 갑자기 눈물이 흘러나와 멈추지 않았다.

어쩐지 슬퍼서 견딜 수가 없었다. 그러나 여자친구에게 음료를 사주지 못한다는 이유로 성인 남자가 울음을 터뜨리는 건 이상하다. 나는 자판기 앞에서 영문도 모른 채 계속 눈물을 흘리다, 이윽고 하나의 가설에 도달했다. 그건 어쩌면 내가, 언제부턴지는 모르겠지만, 한참 전부터 슬펐던 건 아닐까 하는 가설이다. 그러나 그것도 정답이 아닌 것 같았다. 내게는 아카리가 있다. 아카리가 아직 없었을 때는 마이코가 있었고, 그 전에도 아오이나 미사키나 유미코나, 아무튼 다른 여자가 있었고 다들 내게 잘해주었다. 게다가 나는 내가 벌지도 않은 돈으로 좋은 사립대학에 다녔고, 근육 갑옷으로 둘러싸인 건강한 육체를 지니고 있다. 슬퍼할 이유가 없었다. 슬퍼할 이유가 없다는 건 즉, 나는 슬픈 게 아니라는 뜻이다.

자판기를 뒤로하고 태연하게 아카리가 기다리는 버스정류장으로 돌아갔다. 슬프지 않다는 게 확실해졌으므로, 오히려 눈물을 흘리기 전보다도 상쾌한 기분이었다. 따뜻한 음료를 못 사줘서 미안하다고 하자, 아카리는 신경 쓰지 말라고 하고는 이제 됐으니까 자기 쪽으로 딱 붙으라고 지시했다. 나는 언제나처럼 아카리의 귓가에 입을 가까이 대고 강아지 울음소리를 흉내 내기 시작했다. 아카리는 내가 흉내를 내기 전부터 킥킥 웃고 있었다. 처음에는 주인이 없어서 낑낑대는 것처럼 가늘게 울다가 서서히 화가 난 것처럼 짖는다. 수십 번도 더 했지만 아카리가 웃지 않은 적은 없었다. 손쉽게 아카리를 웃길 수 있어서 편리했다.

버스는 금방 도착했고 우리들은 운 좋게 2인석을 확보할 수 있었다. 사람이 있어서인지 버스 안은 따뜻했고, 음료는 필요 없어 보였다.

“내일은 비가 더 온대요. 기록적인 폭우가 될 수도 있다는대.”

아카리는 휴대전화 화면을 손가락으로 터치하며 말했다. 일기예보를 확인하고 있는 것 같았다. 빗방울이 버스 창문을 때리며 경쾌한 소리를 냈다.

“난감하네. 이것저것 계획을 짜놨는데 되도록 밖에 안 나가는 편이 좋으려나.”

“저는 그래도 괜찮아요. 호텔에 하루 종일 틀어박혀서, 맛있는 걸 먹고 마시면서 영화 같은 것도 보고.

방 안에서 비를 바라보면서 밖은 큰일이네, 여기는 쾌적하네, 그런 것도 좋잖아요. 그렇게 해요. 저 보고 싶은 영화가 있어요. 좀비가 사람을 습격하는 영화."

아카리는 즐거운 듯 웃고는 내 오른쪽 어깨에 기댔다. 그리고 내 바지 주머니에 왼손을 넣더니 손끝으로 능숙하게 성기를 쓰다듬었다. 아카리는 얼마 전부터 밖에서도 자주 내게 들러붙게 되었고, 때로는 이렇게 사람들 눈을 피해 성기를 만졌다. 통로 건너편에 앉은 남자가 내 눈을 바라보았다. 남자는 나이가 지긋하고 안경을 꼈는데, 무언가 납득이 안 가는 듯한 표정을 짓고 있었다. 가방이 막아주고 있어서 아카리가 내 성기를 쓰다듬고 있는 건 모를 것이다. 꼭 그래서만은 아니지만 내 성기는 발기하고 있었다.

"그래도 모처럼 홋카이도까지 왔는데 아깝지 않을까? 그런 건 평소랑 똑같잖아. 좀비 영화라면 언제든지 볼 수 있고."

"모처럼 홋카이도까지 와서 그런 걸 하니까 가치가 있는 거예요."

아카리는 알 듯 모를 듯한 말을 했다. 나는 일단 미소를 짓고, 왼손으로 아카리의 오른손을 잡았다. 아카리의 손은 아직 차가웠다. 그렇지만 금방 따뜻해질 것이다.

실제로 다음 날 우리는 호텔에서 한 발짝도 나가지 않았다. 밤늦게까지 계속 섹스를 해서 둘 다 늦게 일어났다. 나는 뭐라도 먹자고 제안했지만 아카리가 내게서 떨어지려고 하지 않았고, 어느샌가 또 자기 전처럼 섹스가 시작되었다. 결국 저녁이 다 되어서야 그날의 첫 끼를 먹었다. 무엇을 먹었는지는 잘 기억나지 않지만, 아무튼 방 안에서 먹었다. 그리고 밥을 먹은 뒤에는 다시 섹스로 돌아갔다.

영화는 전날 미리 빌려둬서 일단 틀기는 했다. 아카리가 보고 싶다고 했던, 좀비가 사람을 습격하는 영화였다. 그런데 아카리는 끊임없이 내 몸을 만지며 영화를 제대로 보지 않았다. 그래서 나는 좀비 영화인데도 불구하고 좀비가 나오기도 전에 아카리를 쓰러뜨렸다. 이건 상대의 동의가 없을 경우 범죄에 해당하는 행위지만, 아카리는 내 밑에서 행복하게 웃고 있었다. 그걸 본 나도 행복했나? 같은 행위인데도 동의 유무에 따라 결과가 크게 달라지는 건 이상하다는 생각도 들었다.

정신을 차렸을 때는 이미 화면이 새까맸다. 이번에는 제대로 보자며, 우리는 웃으면서 다시 한 번 재생 버튼을 눌렀다. 그리고 이번에도 좀비가 나오기 전에 섹스를 시작했다. 바보 같았다. 그래도 덕분에 아무도 좀비에게 잡아먹히지 않아도 됐다.

○

그날 한밤중에는 조금 특이한 일이 있었다.

날짜가 바뀔 무렵, 나는 혼자 욕실로 가서 샤워를 했다. 방에 돌아오자 아까까지 침대에서 뒹굴고 있던 아카리가 의자에 앉아 있었다. 편안한 소파가 아니라, 어째선지 책상 앞에 놓인 비교적 간소한 의자에 있었다. 책상에서 뭘 하는 것도 아니었고, 몸은 텔레비전 쪽을 향해 있었다. 등을 무척 꼿꼿하게 편 채 무릎과 무릎, 발뒤꿈치와 발뒤꿈치를 딱 붙이고 있었다. 양손을 허벅지 위에서 모은 것이 마치 지금부터 채용 면접이라도 볼 것만 같은 모습이었는데, 옷을 입고 있지 않았다. 우리는 그날 계속 옷을 입고 있지 않았다. 그래서 아카리가 알몸으로 있어도 놀랍지는 않았다. 그러나 아무것도 걸치지 않은 사람이 이런 식으로 앉아있는 걸 보는 건 이상했다.

아카리는 텔레비전을 뚫어져라 쳐다보고 있었다. 텔레비전에서는 음성이 나오지 않고 영상만 흘러나왔는데, 여자 좀비가 무시무시한 속도로 달리고 있었다.

좀비는 얼굴과 몸이 검붉게 녹아내리고 있었고, 목 한 가운데가 무언가에 물어뜯긴 것처럼 움푹 패어 있었다. 옷은 마치 오랫동안 사자의 장난감 신세였던 것처럼 여기저기 찢긴 데다 핏자국 같은 게 얼룩져 더러웠다.

좀비는 깨끗하게 청소된 넓은 도로를 달렸고, 하늘은 구름이 껴 있었지만 밝았다. 달리는 차는 없었고 멈춰 있는 것이 몇 대 있을 뿐이었다. 한쪽 타이어만 보도에 올라온 까만 차가 있었는데 마치 소변을 누는 개처럼 보였다. 도로 양쪽에는 깔끔한 건물이 정연하게 늘어서 있었고, 안에 사람의 기척은 없었다. 가게들도 다 불이 켜져 있었다. 옷가게가 많았고, 치장한 마네킹이 몇 개씩 서 있었다.

좀비 앞에는 삼십대 정도의 수염 난 남자가 있었다. 남자는 어깨가 넓었고 팔뚝이 굵었다. 팔을 힘차게 흔드는 걸 보면 속도도 꽤 빨랐을 것이다. 그러나 좀비는 더 빨랐고, 이윽고 남자의 등으로 달려들었다. 남자는 버티지 못하고 쓰러져 길바닥에 나뒹굴었다. 똑바로 누운 남자의 목젖을 좀비가 즉시 달려들어 물어뜯었다. 남자는 눈을 부릅뜨고 입을 크게 벌렸다. 목구멍 안쪽까지 훤히 보여서 남자의 내부가 어떻게 생겼는지 알 수 있었다. 남자는 튼튼한 두 팔을 사용해서 필사적으로 좀비를 떼어내려고 했지만, 좀비는 밀어내도 때려도 끄떡없이 계속 목을 물어뜯었다. 아카리가 나를 보고 있었다. 화면에서 흘러나온 빛이 아카리의 얼굴과 몸을 하얗게 비추었다.

"저, 무서워요."

아카리는 자세를 흐트러뜨리지 않고 똑바로 내 눈을 바라보고 있었다. 나는 아카리의 오른손을 잡고 의자에서 일으켜 세운 뒤, 그녀를 앞에서 끌어안았다. 몸이 식어 있었다. 침대에 눕히고 이불을 덮었다. 아카리가 뭘 생각하고 있든, 알몸인 사람을 그런 식으로 앉아 있게 해선 안 됐다. 나도 이불 안으로 들어가 아카리의 옆에 엎드렸다. 샤워를 하고 나서야 깨달았는데, 아카리의 몸에서는 마른 체액 냄새가 지독하게 풍겼다.

이윽고 아카리는 작은 목소리로 망설이듯 띄엄띄엄 이야기를 시작했다. 나는 왼팔로 팔베개를 하고, 오른손으로 가끔 아카리의 머리카락을 쓰다듬거나 엉덩이를 가볍게 통통 두드리면서 이야기를 들었다. 그동안에도 아카리의 몸에서는 여전히 냄새가 났다. 아카리는 아무래도 날로 강해지는 자기 성욕에 당황하고 있는 것 같았다. 몸이 이상해진 건 아닐까, 다른 사람은 이렇지 않은 건 아닐까, 그런 생각을 하는 것 같았다. 아카리가 매일같이 더 적극적으로 변해가는 건 나도 눈치채고 있었다. 그러나 나는 그걸 기본적으로는 반가운 변화로 받아들이고 있었다.

잠시 생각한 뒤 그건 분명 우리들이 강하게 맺어져 있다는 증거라고 말했다. 그런 말을 하는 건 내키지 않았지만, 아카리가 끌어안고 있는 부정적인 감정을 불식하는 것이 중요했다.

“그래도 피곤하지 않아요? 하루 종일 내 상대를 하면. 계속 운동하고 있는 거나 마찬가지잖아요. 저, 이래봬도 선배의 취업활동에 방해되지 않으려고 지금까지 참았어요.”

“참지 않아도 돼. 근육 트레이닝뿐만 아니라 러닝도 하고 있으니까. 나는 몇 번이고 되살아날 거야.”

오른팔로 알통을 만들어 보였다. 아카리는 아직 개운치 않은 얼굴이었지만, 내 상완이두근을 손가락으로 찌르고는 단단하다며 조금 웃었다. 나는 아카리가 늘 웃었으면 좋겠다.

나는 아카리의 귓가에 입을 가까이 대고 강아지 울음소리를 흉내 내기 시작했다.

○

10, 9, 8을 세고 다시 10으로 돌아갔다. 10을 세 번 세고 5초 정도 꽉 채운 뒤 9라고 말했다.

선수들이 화단 가장자리에 손을 짚고 스크럼 자세를 취하고 있다. 화단에는 내가 모르는 노란 꽃이 피어 있었다. 백스 선수들은 스크럼을 짜지 않지만, 이건 코어를 단련하기 좋은 트레이닝이라 팀 전원에게 시키고 있다. 바른 자세를 유지하지 않으면 효과가 없고 오히려 편안한 동작이라, 조금이라도 자세가 흐트러진 선수는 엉덩이를 때려서 주의시켰다.

문득 교복을 입은 여학생 두 명이 손을 잡고 저편에서 걸어왔다. 무슨 이야기를 하는지는 들리지 않지만, 의아한 표정으로 우리들을 보고 있었다. 근육질 남자들이 일렬로 늘어서 화단에 손을 짚고 있는 광경은, 외부 사람에게는 기묘하게 보일 수도 있다.

나도 예전에 사사키 밑에서 많이 해봐서 알지만, 이 연습은 보기보다 상당히 힘들다. 꼼짝 않고 가만히 있어야 하니까 숨 돌릴 틈이 없어서, 자기 자신의 한계와 매순간 맞닥뜨려야 한다. 이게 오늘의 마지막 연습이니까, 선수들은 이미 상당한 거리를 달린 데다 몇 번이나 쓰러뜨리고 쓰러짐을 반복한 뒤였다. 이 연습이 시작되기 전부터 이미 힘이 거의 다 빠졌을 것이다. 그렇기에 더더욱 하는 의미가 있었다.

방금 전까지 꾸며낸 듯한 비명을 질러대던 선수들도, 정말로 한계에 다다른 것인지 조용해지고 있었다. 슬슬 됐나 싶어서 나는 평범한 속도로 카운트를 시작했다. 0을 셈과 동시에 남아 있던 모든 선수가 무너져 내렸다. 그 전에 버티지 못하고 무너져버린 선수도 몇 명 있었다. 누가 가장 먼저 일어설지 흥미롭게 예상하며 기다렸지만, 쓰러진 채 전혀 움직이지 못하거나 지면을 천천히 구를 뿐, 아무도 일어서려고 하지 않았다.

개중에는 눈물을 흘리거나 입에서 침을 흘리는 선수도 있었다.

그런 모습을 바라보며 나는 기쁨을 느꼈다. 그들은 지금 그야말로 자신의 한계를 깨부수고 강해지려는 참이다. 자기들보다 경험이 풍부하며 탁월한 체격과 신체능력, 센스를 겸비한 상대를 이기기 위해서는, 당연히 상대보다 격한 훈련이 필요했다. 지금 상태로는 아직 어렵지만, 이렇게 계속하다 보면 창립 이래 첫 준결승 진출도 꿈이 아닐 것이다.

"좋아, 한 세트 더 하자."

내가 그렇게 말하자 선수들이 조용하게 절망하는 것이 느껴졌다. 거부할 수 있다면 거부하고 싶지만, 소리를 낼 기력조차 남아 있지 않은 모습이었다. 하기 싫은 건 당연하다. 누구나 괴로운 일은 하고 싶지 않다. 빨리 집으로 돌아가 마음껏 자고 싶을 것이다. 그러나 하고 싶은 일만 한다고 강해지진 않는다. 스스로는 도저히 할 마음이 안 드는 힘든 연습, 그걸 시키고 그들을 강화하기 위한 장치가 사사키와 나다.

나는 그렇게 생각하고 있었으므로, 오늘은 이제 끝내자는 사사키의 말을 듣고 무척 놀랐다. 사사키는 손뼉을 치며 선수들의 건투를 칭찬하고 있었다. 선수들도 안심한 듯 철없는 웃음을 흘리고 있었다. 한 세트 더 하게 해주십시오, 라고 스스로 나서는 놈은 아무도 없었다. 나는 이 광경에 강한 위화감을 느꼈다. 이대로 준결승에 진출할 수 있다고 진심으로 생각하고 있는 걸까. 사립 강호 학교들은 지금도 피와 땀을 흘리며 시시각각 강해지고 있을 텐데.

사사키를 노려보았지만, 그는 선수들에게 듣기 좋은 소리를 할 뿐 내 쪽을 전혀 보지 않았다. 사사키가 원래 이렇게 배가 나왔었나? 이 남자는, 더 이상 내가 아는 사사키가 아닐지도 모른다.

연습이 끝난 뒤, 나는 사사키의 뒤를 따라 걸었다.

늘 그랬듯 사사키네 집에 가서 고기를 얻어먹을 생각이었다. 약속을 한 건 아니지만 매번 그래왔다. 아까부터 계속 꼬르륵 소리가 났고, 고기를 먹을 만반의 준비가 되어 있었다. 물론 향후 방침에 대해서도 차분하게 이야기해야 한다. 그러나 사사키는 미안하다는 표정으로, 오늘 고기는 패스라고 말했다.

"사실 오늘은 집사람이랑 외출하기로 했어. 뭐, 가끔은 그런 것도 해야지. 그러니까 오늘은 안 돼."

그런 일이라면 신경 쓰지 말라고, 오히려 항상 고기를 먹게 해줘서 감사하다고 나는 말했다. 뭔가 계획이 있겠지 했는데, 사사키는 선수들 따윈 염두에 두고 있지 않다는 게 이로써 분명해졌다. 이 남자는 부인과 데이트를 하고 싶은 나머지 연습을 빨리 끝낸 것이다.

가는 데까지만 태워주겠다고 사사키가 말했지만, 역 앞에서 뭘 좀 먹고 가겠다며 거절했다. 이 남자의 얼굴을 더 보고 있으면 내가 무슨 짓을 할지 모른다.

점심 식대로 이천 엔을 주기에 받아들었다.

학교를 뒤로한 채 역 방향으로 천천히 걸었다. 재학 중에는 매일같이 이 길을 다녔다. 전철을 타기 전에 머리를 식힐 겸 이 주변의 경치를 천천히 둘러보는 것도 좋을지 모른다. 당시 나는 귀갓길에 다른 곳에 들른 적이 거의 없었다. 그래서 3년 동안 여기를 다녔는데도 한 골목 안쪽의 길이 어떻게 생겼는지조차 모른다. 그러나 배가 고프다는 걸 떠올리고는 가까운 패스트푸드점으로 들어갔다.

이 가게는 내가 고등학교에 입학했을 때부터 있었는데, 가게 안의 모습도 변하지 않았다. 우리 동아리는 먹는 것도 신경 써야 해서 거의 온 적이 없었지만, 몇 달에 한 번 정도는 열심히 노력한 나에게 주는 보상으로 이용했다. 한번은 우리를 발견한 사사키가 가게 안으로 들어왔다. 혼날 줄 알았는데, 사사키는 테이블 위에 천 엔짜리 지폐를 몇 장 올려놓더니 이걸로 하나씩 더 시켜 먹으라고 말하고는 나갔다. 그건 결코 우리의 사기를 북돋아주려는 게 아니라, 조금이라도 몸집을 크게 만들어서 강해지라는 지도의 일환이었을 터였다. 지난 일을 떠올리면서 메뉴를 읽고 있는데, 근처에 앉아 있는 손님들의 대화가 들렸다.

"그렇게 하고 싶으면 대학교 동아리에 들어가면 되잖아."

"대학교에서는 먹히지 않는 거겠지. 아마 자기가 가장 강하지 않은 게 싫은 거야, 그러니까 아직도 여기 와서 잘난 척하는 거지."

"벌써 4학년 아냐? 좀 심하다. 취업활동 같은 건 안 하나?"

"누구나 더 위를 목표로 하는 게 당연하다는 듯한 그 태도가 싫어. 아니, 그렇다고 더 잘하고 싶지 않다는 건 아냐. 그래도 옆에서 억지로 강요하는 건 다른 문제잖아. 백번 양보해서 우리들은 괜찮아. 그래도 1학년한

테는 우선 즐거운 부분을 알려줘야 한다고 생각해. 그런 건 전혀 즐겁지도 않고, 그러다 이 스포츠가 싫어져서 동아리를 그만두면 평생 안 좋은 감정만 따라다니잖아. 텔레비전에서 국가 대표의 경기 같은 걸 볼 때마다 기분이 나빠지면서, 아아, 그때 나는 여기서 도망쳤지, 하고 하나하나 떠올릴 거 아냐. 나는 그 녀석들한테 그런 기분을 느끼게 하고 싶지 않아. 그런 인생은 불쌍하니까."

손님은 파티션 너머에 있어서 얼굴까지는 확인할 수 없었다. 나는 치즈버거를 먹으려고 했었다. 그런데 갑자기 피시버거가 내 마음을 사로잡았다. 피시버거뿐만 아니라, 잘 살펴보니 모든 햄버거가 화려하고 맛있어 보였다. 이 중에서 하나를 고르라는 말인가. 무언가를 선택한다는 것은 무언가를 선택하지 않는 걸 의미하고, 지금의 나는 도저히 그런 일은 할 수 없을 것 같았다. 외국인 점원이 나를 보고 있었다. 나는 그녀에게 등을 돌리고 밖으로 나갔다.

빠른 걸음으로 곧장 역으로 직행해서 개찰구를 통과했다. 에스컬레이터의 오른쪽을 두 계단씩 뛰어올라, 닫히려는 전철 문에 어깨를 밀어 넣어 억지로 올라탔다. 문 근처에 서 있던 배 나온 남자가 혀를 차며 비난하는 듯한 눈길로 나를 바라보았다. 흰자위가 탁했다. 남자는 대략 쉰 살 정도로 보였으며, 어중간한 길이로 기른 머리가 정돈되지 않은 모습이었다. 왼손에는 캔맥주를, 오른손에는 어육 소시지를 들고 있었다. 여긴 술을 마시는 장소가 아니며 어육 소시지를 먹는 장소도 아닐 것이다.

배고픔 때문에 괜히 더 짜증이 나서, 나는 남자에게 한 발짝 다가섰다. 남자의 입에서 새어나온 알코올 냄새가 나를 한층 불쾌하게 만들었다. 전철에서 마주치는 남자들은 입냄새가 나는 사람이 많았다. 문에 손을 짚어 도망갈 곳을 없앤 뒤 남자의 눈을 뚫어져라 바라보았다. 남자의 눈동자가 한심하게 떨리더니 이내 고개를 떨구었다. 갑자기 속이라도 안 좋아진 것처럼, 오래도록 그렇게 가만히 있었다. 나는 언제까지든 이러고 있을 생각이었지만, 잠시 후 남자가 작은 목소리로 죄송합니다, 라고 말하기에 다음 역에서 내렸다.

개찰구를 빠져나가 주위를 적당히 걸었다. 아무래도 아까보다 기온이 높아진 듯해 오래 걸을 수는 없었다. 내가 내리는 역은 원래 여기가 아니다. 빨리 집에 돌아가서 샤워를 하고 싶었지만 아까 못 먹고 나온 곳과 같은 패스트푸드점이 보여서 안으로 들어갔다. 화장실에서 가까운 2인용 좌석이 마침 비어 있어서 그곳에 짐을 내려놓았다. 나는 화장실에서 나오는 사람들의 얼굴을 보는 걸 좋아하니까 좋은 자리를 잡았다고 생각했다. 주문을 하러 줄을 설 때도 짐이 시야에 들어오니 도난의 위험도 없었다.

외국인 점원이 내 주문을 받았고, 화장실이 잘 보

이는 자리에서 치즈버거와 피시버거, 치킨, 그리고 특이한 파이를 먹었다. 버거 두 개와 치킨을 먹을 때 내 기분은 결코 나쁘지 않았다. 그렇지만 파이를 먹을 즈음에는 또다시 짜증이 났고, 그 어육 소시지를 먹던 남자처럼 누군가 분풀이 상대가 있으면 좋겠다는 생각이 들었다. 이 가게는 밝고 선량한 타인으로 가득 차 있는 것처럼 보여서, 나는 그리 오래 머물지 않았다.

○

오랜만이야. 잘 지내냐?

그 뒤로 나는 회사를 몇 군데나 지원했는데, 오늘 처음으로 채용 예정 통지를 받았어. 1지망도 아니고 연봉도 바라던 것만큼 높진 않지만, 지금까지 계속 떨어졌으니까 꽤 기쁘더라. 부모님께도 전화했을 정도야. 평소에는 전화도 안 하는데. 뭐랄까, 지금은 나 같은 걸 뽑아줘서 감사하다는 마음으로 가득해. 귀사를 위해 열심히 일하겠습니다, 하는 기분이야. 입사 지원서를 쓸 때나 면접을 볼 땐 그런 생각이 안 들었는데, 붙고 나서야 그런 기분이 들더라고. 그런데 말이야…….

난 취업활동 중에도 계속 개그를 생각했어. 생각하지 않으려고 해도, 정신이 들면 생각하고 있더라. 그러고 나니까, 많이 늦었을지도 모르지만, 요 몇 달간 깨달은 게 많아. 나는 내 머릿속에 있는 것만으로 개그를 짜려고 했고, 주위를 전혀 보지 않았어. 가까운 예를 들자면, 같은 서클 녀석들의 개그도 술에 취해서 제대로 안 봤고, 공연장에도 별로 가지 않았어. 텔레비전에서 개그 프로그램을 볼 때도 흠만 찾으려고 했지 배우려는 자세가 없었어. 그리고 일본뿐만 아니라 전 세계에도 여러 코미디언이 있잖아. 아직은 잘 모르지만, 이런 시대니까 인터넷에서 여러 가지를 찾아볼 수도 있겠지. 외국 개그를 일본에 맞게 바꿔보면 새로운 게 탄

생할지도 몰라.

게다가, 그거 알아? 너는 머리가 좋으니까 이제 와서 뻔한 소리를 한다고 생각할지도 모르지만, 개그는 개그에서만 배울 수 있는 게 아니야. 주변에서 짹짹거리는 참새라든가, 나무라든가, 그런 아무것도 아닌 것들에도 힌트가 숨어 있어. 전부 다 스승인 거야.

그러니까 나는 다시 한 번 처음부터 개그를 공부해서, 이번에야말로 개그로 승부를 보고 싶어. 그래도 겨우 받은 채용 예정 통지나 대졸 신입이라는 카드를 버리고 개그 외길을 걷겠냐고 한다면, 그건 너무 무서워. 뛰어내릴 생각으로 베란다에서 땅을 내려다보고 있는 것 같은 기분이 들어. 시도해본 적이 있어서 알아. 그때랑 정말 닮았어. 난 그때 뛰어내리지 않길 잘했다고 생각하는데, 이번에도 뛰어내리지 않고 그쳐서 그때 뛰어내리지 않길 잘했다고 생각하게 될까? 너무 말이 많았네. 이건 내가 스스로 정해야 하는 문제겠지.

너도 내일 시험 결과가 나오지? 분명 좋은 결과가 있을 거야. 너는 규칙적인 생활을 하고 취해서 정신을 잃지도 않으니까, 아마 공무원에 잘 맞겠지. 붙으면 말이야, 사회인들이 갈 법한 좀 좋은 식당에 가자. 만에 하나 떨어지면, 그래도 가자. 그때는 내가 살 테니까. 내가 그렇게 돈이 있는 것도 아니고, 앞으로 더욱 생활이 어려워질지도 모르니까 네가 붙어주면 고맙겠지만 말이야. 그러고 보니, 너는 왜 공무원이 되려고 했었지? 다음에 알려줘.

그럼 결과가 나오면 바로 연락줘. 안 오면 떨어졌나 하는 생각이 드니까.

○

아카리의 안에 손가락을 넣은 채 깜박 잠이 들었다. 섹스 도중에 잠드는 건 매너에 어긋나는 일이다, 조수석에서 잠드는 것과 마찬가지로. 그렇지만 체력적으로 한계였다. 아카리는 내가 잠든 걸 눈치채지 못한 듯했다. 스스로 몸을 움직이고 있어서, 내가 의식이 있는지 없는지는 문제가 아닌 것 같았다. 밖이 점점 밝아지고 있었다. 오늘은 아침부터 아르바이트가 있다고 아카리가 말했던 걸 떠올리고는 조금만 더 참자고 생각했다. 이 또한 하나의 트레이닝이다.

아카리의 성욕은 최근 한층 더 강해져서 따라가기가 벅찼다. 근육 트레이닝과 러닝은 물론 계속하고 있다. 아카리와 만나기 전에는 충분한 수면을 취하도록 유의하고 있으며, 식사에도 신경을 쓰고 있다. 정력에 좋다는 굴과 견과류, 마늘과 오크라 등의 식품을 적극적으로 섭취하고, 드러그 스토어에서 판매하는 영양제도 먹기 시작했다. 얼마간의 효과는 있었다. 내 정력과 지구력은 다소 향상된 모습을 보였다. 그럼에도 아카리를 만족시키기에는 역부족이었다.

어제는 둘 다 하루 종일 일정이 없어서 외출을 하

자고 제안했다. 하얀 블라우스를 입은 젊은 기상캐스터가 아주 맑고 더운 날이 될 거라고 말했다. 그녀가 말하는 내용은 틀림없을 테니, 수족관에 가서 돌고래 쇼라도 보자는 이야기를 꺼냈다. 앞자리에 앉아서 물이 튀는 걸 좀 맞아보는 것도 재미있지 않겠냐고. 아카리는 거절했다. 돌고래를 싫어하는지 물으니, 그렇지는 않다고 했다. 그런데 아무튼 섹스를 안 하면 일에 집중이 잘 안된다고 했다.

결국 시키는 대로 아카리네 집에 갔다. 아카리의 의사를 거스르며 억지로 돌고래를 보여줘봤자 소용없을뿐더러, 내게도 성욕은 있다. 그러나 점심때부터 섹스를 계속한 탓에 내 성기는 날짜가 바뀔 무렵에 발기를 멈추었다. 휴식을 취해도 변함이 없었다. 아랫배가 무척 아팠다. 다른 사람은 어떤지 모르겠지만, 나는 섹스를 너무 많이 하면 아랫배가 아프다. 게다가 이번에는 깨질 듯한 두통까지 찾아왔다.

"있잖아, 아카리. 어젯밤에 별로 먹지도 않았으니까, 아르바이트 가기 전에 뭔가 먹어두는 게 좋겠어. 이대로는 아카리가 일하다 쓰러질까 봐 걱정이야."

적당한 때를 봐서 나는 그렇게 말했다. 내가 멈추지 않는 한, 아카리는 언제까지고 계속할 것 같았다.

아카리는 시계를 확인하고는 진심으로 괴로운 듯한 표정을 짓더니 내게 키스했다. 그리고 내 성기에도 키스를 한 뒤 살짝 입에 머금고는 뭐라고 말을 걸었다. 그들만의 비밀 이야기인 듯, 내게는 내용이 들리지 않았다. 아카리는 몇 시간 만에 침대를 벗어나 샤워를 하러 갔다. 우리는 어젯밤 이를 닦지 않았으므로 아카리의 입냄새는 지독했다. 분명 내 입냄새도 막상막하로 지독할 것이다. 그러나 고작 한 번 이를 닦지 않았다고 해서 이렇게까지 입에서 냄새가 나는 건 너무하지 않은가. 애당초 인간의 설계에 문제가 있었다고밖에 생각할 수 없다.

침대에서 몸을 일으켰다. 아카리의 아침식사거리를 찾기 위해서였다. 몸을 움직이려고 하자 두통은 한층 심해졌고, 마치 물속에 있는 것처럼 천천히 시간을 들여야 했다. 몇 발짝 앞의 냉장고에 겨우 도착했지만 안에는 음식이 들어 있지 않았다. 아카리가 요리를 하지 않게 된 건 언제부터였을까. 기억을 더듬어봤지만 알 수 없었다.

베개에 머리를 대고 누워서 손발을 뻗으며 천장을 바라봤다. 이렇게 자세히 살펴보니, 천장에는 나란히 늘어선 두 개의 연한 얼룩이 있었다. 얼룩은 사람의 눈처럼도 보였지만, 그저 눈처럼 보일 뿐 그 이상은 아무것도 의미하지 않을 것이다. 이대로 금방이라도 잠들 수 있을 것 같았지만 산소가 부족한 기분이 들어 창문을 열었다. 베란다 난간에 참새가 앉아 있는 것이 보였다. 밖, 이라고 생각했다. 돌아보니 옷과 대학 교재, 프린트 등이 흩어져 있는 어둡고 축축한 방이 있었다.

수조를 보니 헤엄치고 있는 송사리는 한 마리뿐이었다. 아카리도 송사리들을 구별할 수 없으니까, 마지막에 남은 이 송사리가 묘인지 오인지 그 밖의 다른 것인지는 아무도 알 수 없다.

밖에 나갈 채비를 한 뒤 우리는 히요시 역에서 가까운 카페에 갔다. 아카리와 처음 만난 날에 간 카페다.

기분이 개운치 않아서 아카리의 허락을 얻어 야외석에 앉았다. 아카리는 햄이 들어간 샌드위치와 차가운 카페라테를 주문했다. 돈은 언제나처럼 내가 냈다. 아카리와 마찬가지로 나도 어젯밤에 거의 아무것도 먹지 않았는데 전혀 식욕이 돋지 않았다. 정력을 위해서는 아침식사도 제대로 먹어야 한다고 머리로는 알고 있는데 몸이 따라주지 않았다. 아무것도 입에 넣고 싶지 않았지만, 돈을 내지 않고 자리에 앉아 있는 건 매너에 어긋난다. 나는 아이스커피를 주문했다.

아카리가 샌드위치를 먹는 모습을 보고 있자니 속

이 메스꺼워져서 애써 먼 곳을 바라봤다. 속을 가라앉히려면 아이스커피를 마시는 게 좋을까. 아니면 아무것도 입에 대지 않는 게 좋을까.

"저, 할 말이 있어요."

아카리는 카페라테 잔을 두 손으로 감싼 채 자기 허벅지 근처를 바라보고 있었다. 샌드위치가 사라진 걸 발견하고 어디로 간 걸까 이상하게 생각하다, 아카리의 위 속이라는 걸 깨달았다. 좋은 이야기가 아니라는 건 듣지 않아도 알 수 있었다. 그렇지만 어떤 종류의 나쁜 이야기인지는 알 수 없었다.

"얼마 전에 마이코 씨를 만났어요. 언제나처럼 요스케 선배네 집에서 자고, 역 개찰구를 향해 걸어가고 있을 때였어요. 개찰구를 빠져나온 마이코 씨가 무심코 제 쪽을 바라봐서 눈이 마주쳤어요. 그러니까 거기서 만난 건 우연이었을 거예요. 그런데 제가 그 사람을 잘 이해하고 있는 것 같진 않아서, 정말로 우연이었는지 확실하진 않지만요. 아무튼, 우연이라고밖에 생각할 수 없는 타이밍이긴 했어요. 마이코 씨는 그 자리에 멈춰 서서 저를 보고 있었어요. 모르는 사람이니까 그대로 무시하고 개찰구를 통과해도 됐겠지만, 왠지 모르게 신경이 쓰여서 저도 발을 멈추고 말았죠. 제가 멈춰 선 뒤에도 마이코 씨는 아무 말도 없이 저를 빤히 보고 있었어요. 저는 마이코 씨의 눈동자가 움직이는 걸 눈치챘어요. 마이코 씨가 제 스니커와, 제 손가락과, 제 모습을 낱낱이 관찰하고 있다는 걸 깨달았죠. 무서워져서 토트백을 몸 앞으로 돌렸어요. 그리고 용기를 내서 안녕하세요, 라고 말했어요. 수상한 사람에게서 몸을 지키려면 인사를 하는 게 좋다고 들은 적이 있어서, 그대로 해봤던 거예요. 그러자 마이코 씨도 안녕하세요, 하고 대답했어요. 일단 말을 나누니까 저는 조금 안심이 됐어요. 그러더니 마이코 씨는, 혹시 아카리 씨인가요, 라고 물었어요. 그렇다고 대답하자, 미소를 지으며 자기는 요스케의 친구라고 말했어요. 직감적으로 이 사람이 마이코 씨라는 생각이 들었어요. 그리고 결과적으로는 맞았죠. 마이코 씨의 권유로 우리는 가까운 카페에서 함께 차를 마셨어요. 마이코 씨는 제게 사실 얼마 전까지 요스케 선배와 사귀었다고 털어놓았어요. 그렇지만 딱히 저를 원망하거나, 아직 요스케 선배에게 미련이 있다거나, 그런 건 전혀 아니라고도 말했어요. 제게는 마이코 씨가 사실을 이야기하는 것처럼 보였어요. 마이코 씨도 지금은 다른 분과, 아마 광고 대행사에서 일하는 분과 결혼을 전제로 사귀고 있다고 했고요."

나는 아이스커피를 한 모금 마셨다. 마이코에게 새 애인이 생겼다는 이야기는 처음 들었다. 아카리의 손을 잡고 싶었지만, 아카리의 두 손은 카페라테로 꽉 차 있었다.

"그리고 우리는 선배와는 상관없는 이야기를 나눴

어요. 고향은 어딘지, 서클에는 들었는지, 그런 걸 마이코 씨가 물으면 전 그에 대답하고 같은 질문을 던지는 식이었어요. 처음에 느꼈던 경계심 같은 건 서서히 옅어져 갔어요. 마이코 씨는 암만 봐도 멋진 선배였으니까요. 벚꽃색 원피스가 무척 잘 어울렸죠. 결국 제가 먼저 화제를 꺼내지는 못했지만, 전 제가 모르는 요스케 선배의 이야기를 듣고 싶었고 타이밍을 봐서 연락처를 물어봐야겠다고 생각하고 있었어요. 마이코 씨가 손목시계를 흘깃 보더니 슬슬 가야겠다고 말했을 때, 저는 무척 아쉬웠어요. 마이코 씨가 제 몫까지 계산을 하고 밖으로 나왔어요. 하늘에 구름 한 점 없는 날이었어요. 마이코 씨는 무척 자연스럽게 양산을 썼는데, 벚꽃 자수가 들어간 하얀색 양산이었어요. 저는 잠깐 넋을 잃고 바라보고 말았죠. 그 양산이 마이코 씨에게 너무나도 잘 어울렸으니까요. 저는 벚꽃에 빨려 들어가듯, 용기를 내서 마이코 씨의 연락처를 물었어요. 그러자 마이코 씨는 그에 화답하는 것처럼, 요전번에 막차를 놓쳐서 요스케 선배네 집에서 쉬었다고 말하며 미소 지었어요. 저는 의미를 알 수 없었어요. 사실대로 말하면, 지금도 잘 모르겠어요. 제가 할 말을 찾는 사이, 마이코 씨는 양산을 쓴 채 학교 쪽으로 걸어가버렸어요."

아카리는 거기서 말을 멈췄다. 카페라테를 한 모금 마시고, 내 눈을 빤히 바라봤다. 그래서 겨우 내가 무언가를 말해야 할 차례라는 걸 깨달았다. 나는 변명을 하려고 했지만 도저히 생각이 정리되지 않았다.

내가 침묵하는 사이에, 아카리는 무언가를 납득한 듯 고개를 끄덕였다.

"그렇겠죠. 생각해보면, 요스케 선배가 처음 저희 집에 왔던 날도 아직 마이코 씨와 사귀고 있었으니까요. 선배에겐 처음부터 그런 면이 있었다는 거겠죠."

나는 아니라고 말했다. 지나치게 큰 목소리가 나와

서, 눈앞에서 길을 걷고 있던 젊은 여자가 겁먹은 듯 나를 바라봤다. 나는 그녀의 적이 아니니까 그런 눈길로 보는 건 그만둬주길 바랐다.

아카리는 아무 말 없이 도로 건너편을 보고 있었다. 시선 끝에는 패스트푸드점이 있었고, 가게 앞에는 스포츠웨어를 입은 대학생처럼 보이는 남자가 서 있었다.

남자는 거대한 가방을 왼쪽 어깨에 멘 채 누군가와 전화를 하고 있었다. 키는 백팔십이 넘어 보였다. 어깨의 넓이와 가슴팍의 두께, 목과 허벅지의 굵기는 놀라울 정도였다. 그런데도 지방은 거의 없었다. 짐작건대 무척 실용적인 근육이다. 남자가 입고 있는 옷은 선명한 흰색으로, 햇빛에 그을린 늠름한 상완이두근이 고스란히 비쳤다. 남자는 휴대전화를 귀에 대고 있었는데, 마치 그 아름다운 상완이두근을 우리에게 과시하고 있는 것만 같았다.

"선배는 제게 잘 대해주시고, 마이코 씨에게 특별한 감정이 없다는 것도 믿을 수 있을 것 같아요. 단지 순수하게, 선배는 성욕을 이기지 못했던 거겠죠. 얼마 전의 저라면 몰라도, 지금은 선배의 기분을 이해해요. 성욕은 무척 강하니까요. 이기지 못하는 것도 당연해요."

아카리가 나를 똑바로 보고 있었다. 아카리는 정면에서 보는 것보다 측면이 아름답다는 걸 나는 이때 깨달았다. 게다가 진지한 표정보다는 웃는 게 아름답다. 나는 조금 이해가 되지 않았다. 우리는 어제부터 오늘까지 계속 섹스를 했다. 어째서 지금은 이런 이야기를 하고 있는 걸까.

"홋카이도에 갔을 때, 고민이라고 했었죠. 그런 걸 하고 싶은 마음이 갈수록 강해진다고요. 그런데 그날, 사실 진짜 하고 싶었던 얘기는 하지 못했어요."

통화가 끝나고, 스포츠웨어를 입은 남자가 역 반대

방향으로 천천히 걷기 시작했다. 뒤에서 보니 발달된 하퇴삼두근이 잘 보였다. 아카리도 남자의 뒷모습을 눈으로 좇았다.

"솔직히 말하면, 저는 상대가 요스케 선배가 아니어도 상관없다고 생각하게 됐어요. 학교나 전철에서 근육질 남자를 보면, 아, 안기고 싶다, 하는 생각이 자연스럽게 드는 거예요. 그렇지만 그럴 때마다 내겐 요스케 선배가 있다고, 그런 건 절대 안 되고 마음속으로 생각하는 것만으로도 선배를 배신하는 거라고 생각했어요. 그래서 저는 항상 주머니에 옷핀을 넣고 다니면서, 그런 생각이 들 때마다 제 손끝을 찔렀어요. 저는 그렇게 참고 있었는데, 선배는 참지 않은 거네요. 이건 오늘 아침까지는 잘 몰랐다가 이제야 확실해진 건데요, 저는 선배를 용서 못해요."

아카리는 자리에서 일어나 역 반대 방향으로 걸어갔다. 나는 즉시 일어나서 아카리에게 손을 뻗었다. 그러나 아카리는 내 손을 뿌리치고 속도를 빨리해서 걸었다. 카페 안에서 양복 차림의 남자가 나를 보고 있었다. 그는 머그컵에 든 무언가를 마시고 있었고, 왼손에는 결혼반지가 끼워져 있었다. 아카리, 하고 나는 불렀다. 아카리는 그 소리를 무시했다. 내가 급하게 일어서는 바람에 카페라테와 아이스커피의 컵이 테이블에서 떨어져 땅바닥에서 지저분하게 섞였다.

달리면서 기다리라고 말했다. 아카리의 앞을 가로막고 이야기를 들어 달라고 말했다. 아카리는 고개를 숙인 채 내 옆으로 빠져나가려고 했다. 나는 입꼬리를 올리고 아카리의 양 어깨를 부드럽게 쥐었다. 아카리는 말없이 내 팔을 또 뿌리쳤다. 차츰 화가 나기 시작했다. 말을 거는 사람을 무시하는 건 그만두는 게 좋을 것이다. 절대 뿌리치지 못하게 이번에는 힘을 주어 아카리의 팔을 붙잡았다. 아카리의 팔은 가늘어서 나는 그걸 어떻게든 할 수 있을 것 같았다. 갑자기 오른

손에 날카로운 통증이 느껴졌다. 자유로워진 아카리가 달려 나갔다. 내 손에서 피가 흐르고 있었다. 아카리가 무언가를 떨어뜨린 걸 발견하고 자세히 보니 그건 옷핀이었다.

아카리가 달려가는 쪽에 방금 전에 봤던 스포츠웨어를 입은 남자가 있었다. 아카리가 남자를 앞질러 갔다. 아카리는 고개만 살짝 돌려서 이쪽을 돌아보곤 웃었다. 어째서 웃는 걸까. 나는 다시 아카리를 쫓아 달리기 시작했지만, 따라잡는다고 한들 그 뒤로 어떻게 하고 싶은 건지 나도 알 수 없었다. 아카리는 웃는 얼굴이 잘 어울리는 아이고, 아카리는 항상 웃었으면 좋겠다고 나는 바랐을 텐데, 그렇게 이해한 게 맞나? 체력에 한계가 왔는지 어질어질해서 똑바로 달리기가 어려웠다. 좁아지고 있던 우리 사이의 거리가 다시 벌어졌다. 멀어져가는 등을 쫓으며 나는 무어라 소리치고 싶어졌지만, 결국 뭐라고 소리쳐야 할지 알 수 없었다.

스포츠웨어를 입은 남자가 이쪽을 돌아봤다. 내 존재를 확인하더니, 나로부터 아카리를 감추듯 내 정면에 섰다. 이 남자가 아카리의 편이고, 내가 아카리의 적인 꼴이었다. 나는 이 남자를 적으로 인식했다.

"잠깐, 뭐하시는 거예요?"

남자는 존댓말을 쓰고 있기는 했지만, 처음부터 나를 치한 취급하고 있다는 게 말투에서 느껴졌다. 무시하고 남자 옆으로 빠져나가려고 했다. 이건 나와 아카리 두 사람의 문제로, 사정을 모르는 타인이 날 방해할 권리 따위는 없다. 그러나 남자는 날렵한 스텝으로 내 앞으로 돌아오더니 전신을 이용해서 내 몸을 부드럽게 막았다. 나는 무척 놀랐다. 어째서 길 한복판에서 일면식도 없는 사람에게 끌어안겨야 한단 말인가. 나는 남자의 팔 안에서 거세게 날뛰었고, 그 바람에 내 팔꿈치가 남자의 턱을 쳤다. 남자가 가지고 있던 커다란 가방이 땅에 떨어졌고, 안에서 공 하나가 빠져나와 천천히 굴러갔다.

남자는 손으로 입가를 누르고 있었다. 입안을 다쳤는지도 모른다. 아카리는 코너를 돌았는지 모습이 보이지 않았다. 이런 남자를 상대하고 있을 게 아니라, 빨리 쫓아가서 붙잡아야 한다. 전력으로 아스팔트를 박차고 달려 나갔다. 그 순간 남자의 팔이 내 목을 강하게 쳤다.

비틀거리며 뒤로 물러나, 남자를 노려보며 거칠게 콜록거렸다. 의식을 잃어도 이상하지 않을 정도의 충격이었다. 시야가 계속 흔들렸다. 남자는 나의 왼팔을 잡고 미안하다는 말을 했다. 사과해서 끝날 일이 아니며, 죄를 지으면 제대로 속죄해야 한다. 나는 남자의 가랑이 사이를 걷어찼다. 남자는 한심한 소리를 내며 우습게도 가랑이를 붙들고 몸을 구부렸다. 그러나 금세 자세를 바로잡더니, 이젠 화가 머리끝까지 나서 덤벼들었다. 이번에야말로 끝장을 내겠다는 생각으로 주먹을 꽉 쥐고, 있는 힘껏 남자의 턱을 가격했다. 그 순간, 때린 건 나인데도 왠지 모르게 등골이 서늘해졌다. 남자의 몸이 맥없이 무너져 내렸다. 무척 불길한 예감이 드는 자세였다. 아무래도 나는 무언가 엄청난 일을 저질러버린 것 같았다.

즉시 남자의 얼굴 옆에 무릎을 꿇고 남자를 불렀다. 반응이 없었다. 눈은 뜨고 있었지만 나를 보고 있지 않았으며 아마 아무것도 보고 있지 않을 것이다. 어깨를 때리고 몸을 흔들어도 마찬가지였다. 그럴 리가 없다고 생각했다. 이 남자는 이렇게 건장한 몸을 만들기 위해 지금까지 엄청난 노력을 해왔을 터였다. 식사에도 신경을 썼을 것이다. 트레이닝에 상당한 시간을 들였을 것이다. 스스로를 매일 한계까지 몰아넣었을 것이다. 남자의 어깨를 세게 치고 큰 소리로 불렀다. 이름을 모르니 부르기 어렵다는 생각이 들어 다시 어깨를 세게 때렸다. 내 손에서는 아직도 피가 흘러내리고 있었다. 남자의 흰 옷이 내가 때릴 때마다 조금씩 더러워졌다. 주위를 둘러보며 아카리를 찾았지만 여전히 어디에도 보이지 않았다. 남자가 떨어뜨린 공이 굴러다니는 걸 발견하고 반사적으로 주워 들었다. 그리고 품속으로 강하게 끌어안았다. 사실은 아카리를 끌어안고 싶지만, 아카리는 지금 여기 없으니 그 대신이었다. 그러나 결과적으로는 공이 더 좋았는지도 모른다. 공은 변형을 막기 위해서인지 공기가 꽉 차 있지 않았다. 공은 내 힘을 부드럽게 받아들여서, 안고 있는 건 나인데도 마치 내가 아버지에게 안겨 있는 듯한 평온한 기분이 들었다.

나는 언제까지라도 이렇게 있고 싶었지만, 시야 끝에 젊은 여자가 서 있는 게 보였다. 머리를 차분한 갈색으로 물들인 여자는 맑은 하늘을 닮은 색의 원피스를 입고 있었다. 내가 모르는 그 여자는 나를 보면서 심각한 얼굴로 어딘가에 전화를 하고 있었다. 여자는 나와 눈이 마주치자 겁에 질린 듯 뒷걸음질을 쳤고, 나는 반사적으로 달려들었다. 여자는 도망쳤지만 굽이 높은 구두를 신고 있어서 속도가 느렸다. 구두 조금 위, 오른쪽 발목에 검은 점이 있었다. 마구 흔들리는 검은 점이 열심히 날아다니는 파리 같았다. 그 파리가 나를 유혹하는 것 같은 생각이 들었지만 그럴 리가 없었고, 그것은 애초에 파리도 아니었다.

그럴 마음만 먹으면 나는 언제든 이 여자를 붙잡을 수 있었다. 그러나 일부러 천천히 달리며 여자의 머리카락과 옷의 움직임, 팔의 흔들림과 무릎 뒤쪽, 오른쪽 발목의 검은 점 등을 관찰했다. 이 여자를 붙잡아봤자 아무런 의미가 없다는 걸 깨달았기 때문이다. 내가 뒤쫓고 있는 건 아카리였다. 이 여자는 어찌 되든 상관이 없었고 내가 날려버린 그 남자도 나와 아무런 관계가 없었다. 달리면서 좌우를 확인했지만 여전히 아카리는 보이지 않았다. 대체 어디로 간 걸까. 아카리는 숨바꼭질이 특기다. 그러니까 의외로 아직 가까이에서, 그 언젠가처럼 그늘 속에서 나를 바라보고 있을 것이다. 숨바꼭질은 그만두고 빨리 옆에 와서 내 손을 잡아주면 좋겠다. 요스케 선배라면 분명 괜찮을 거라고 말해주면 좋겠다. 언제나처럼 미소를 띤 얼굴로 나를 안심시켜주면 좋겠다. 앞으로도 필요할지 어떨지 모르겠고 과연 지금까지 필요했는지 어떤지도 모르겠지만, 적어도 지금 내겐 아카리가 필요했다. 그러나 나는 아카리가 내게 해줬으면 하는 일만 생각하고 있었다. 혹시 내가 이런 상태여서 아카리가 어딘가로 가버린 걸까? 아카리가 돌아온다면, 아카리가 내게 바라는 일을 가장 먼저 물어보아야 한다.

왔던 길로 다시 돌아가기로 했다. 내가 다른 데로 가버리면 아카리가 돌아왔을 때 나를 찾을 수 없을 테니 말이다. 그런데 원피스를 입은 여자 너머로 젊은 경찰관이 다가오는 게 보였다. 경찰관은 약간 마른 몸집이었지만, 망설임 없이 상당한 속도로 내게 달려들었다. 그의 움직임은 직선적이었기 때문에 나는 바로 직전에 오른쪽으로 피했다. 그러나 그의 등 뒤에 경찰관이 한 명 더 있었다. 이 경찰관은 충분한 힘과 무게를 실어 더욱 정확하게 내 몸의 중심부를 붙잡았고, 나는 뒤로 쓰러졌다. 경찰관의 어깨 너머, 구름 한 점 없는 맑은 하늘이 내 위에 있었다. 이렇게 하늘을 올려다보는 건 오랜만이었고, 나는 이걸 좀 더 빨리 봤어야 한다고 생각했다. 그리고 이미 늦었을지도 모르지만, 시간이 허락하는 한 이걸 잘 봐두자고 생각했다. 건물들이 하늘을 사각형으로 가리고 있어서 그것만은 조금 아쉬웠다.

내가 피했던 경찰관이 합세해서 둘이 함께 내 몸을 눌렀다. 경찰관들은 나만 보고 하늘은 보지 않았다. 나는 그들에게도 이 하늘을 보여주고 싶었다. 내 소망이라기보다는 그 편이 그들에게 좋을 거라고 생각했기 때문이다. 하늘을 가리키려고 오른팔을 들어 올렸지만 경찰관들은 이를 허락하지 않았다. 그들이 내 팔을 땅에 짓눌렀다.

이윽고 두 경찰관은 내게 저항 의지가 없다는 걸 파악하고 더 이상 거친 행동은 하지 않았다. 나는 그들을 존경하고 있었다고 말할 수 있다. 그들은 위험을 무릅쓰고 몸을 던져 내게서 저 여자를 지켰다. 나는 그들을 완전히 신뢰하게 되었고, 저쪽에 내가 다치게 한 남자가 있으니 부디 도와달라고 부탁했다. 먼저 나타난 마른 몸집의 경찰관이 바로 달려갔다. 그의 뒷모습을 바라보며, 나는 얼굴이 풀어지는 걸 느꼈지만 그 이유가 뭔지 바로 알 수 없었다. 그러나 이윽고 그들이 내가 말하는 걸 믿어줘서, 그게 기뻤던 거라고 이해했다. 그들에게 맡겨두면 나는 더 이상 쓸데없는 일을 생각하지 않아도 될 것이다.

아카리가 마음에 걸렸지만, 고개를 약간 돌리니 경

찰관 뒤에 아카리가 서 있었다. 아카리는 쓰러져 있는 나를 말없이 내려다보고 있었다. 웃는 것처럼 보였지만 자세히 보니 전혀 웃고 있지 않았다. 잠시 후 아카리는 내게 등을 돌리고 골목 안으로 들어갔다. 그건 나를 무척 실망시키는 행동이었을 테지만, 나는 지쳐 있어서 더 이상 무언가를 생각할 수 없었다. 경찰관이 내 몸을 부드럽게 누르고 있었다. 그의 손은 무척 따뜻해서, 따뜻한 물속에 잠겨 있는 듯 기분이 좋았다. 나는 이대로 잠들기로 했다. 나는 언제든, 자고 싶을 때면 금방이라도 잠들 수 있으니까 말이다.

옮긴이 후기

《파국》은 한국에 처음 소개되는 91년생 신인 작가 도노 하루카의 두 번째 소설이다. 작가는 첫 소설인 《개량》으로 문예상을 수상하며 데뷔한 뒤, 불과 두 번째 소설인 이 작품으로 일본 문학계 최고 권위의 신인상인 아쿠타가와상을 거머쥐며 주목받는 신인으로 급부상했다. 《파국》은, 공무원 시험을 준비하며 스포츠 지도와 근육 트레이닝도 소홀히 하지 않는 대학생 '요스케'가 한 여성과의 만남을 계기로 '파국'으로 치닫는 모습을 건조하고 담담한 필치로 그린 작품이다. 불필요한 묘사가 거의 없는 짧고 간결한 문장과 속도감 있는 전개가 특징적이며, 금방이라도 무슨 일이 일어날 것만 같은 불온한 분위기를 훌륭하게 조성해내고 있다.

이 작품에서 가장 독특한 점은 주인공 '요스케'의 캐릭터일 것이다. 요스케에게서는 감정이랄 것을 거의 발견할 수가 없다. 그가 가장 자주 하는 말은 '~해야 한다', '~할 필요가 있다', '~는 매너에 어긋나는 행동이다'와 같은 것들이다. 그는 늘 규범과 매너에 사로잡혀 있으며, 자기가 느끼는 감정에도 확신을 갖지 못한다. 갑자기 눈물이 흘러나와도, 이유를 생각해보고는 슬플 이유가 없다는 생각이 들면 멈춘다.

작중에는 요스케를 뚫어져라 바라보는 시선이 반복적으로 그려지는데 이 또한 흥미로운 지점이다. 일반적으로는 상대방이 내 눈에 보이지 않을 때 더 두려움이 커지는 법이다. 숨바꼭질할 때 술래가 언제 내 눈

앞에 나타날지 몰라 조마조마한 그때처럼. 그러나 요스케는 아니다. 요스케는 자기를 바라보는 대상이 시야에서 사라지면 오히려 안심한다. 내 눈에만 보이지 않으면 없는 것으로 치부할 수 있는 이 단순함 역시 요스케라는 캐릭터의 큰 특징이다.

이렇게 언뜻 로봇 같은 요스케의 모습은, 겉보기에는 성실한 바른 생활 청년처럼 보일지 모른다. 그렇지만 이야기를 읽고 있는 우리는 금방이라도 이 평화가 깨어질 것만 같은 불안에 사로잡히게 된다. 끊임없이 규범에 집착하는 그의 모습이 오히려 그의 욕구를 강하게 암시하기 때문이다. 요스케는 기본적으로 육체적인 욕망에 굉장히 충실한 삶을 살고 있다. 그런 요스케가 자기 행동에 이유를 갖다 붙일 때마다, 의식적으로 억눌린 그의 욕구가 조만간 폭발할 것만 같은 긴장감을 느끼게 된다.

이야기는 예상치 못한 방향으로 흘러간다. 요스케

의 욕구와 그를 억누르는 규범이 충돌하리라는 예상과 달리, 그를 파국으로 이끄는 건 오히려 규범에 대한 집착 그 자체라고 할 수 있다. 요스케는 계속 의식적으로 판단하고 행동하지만 그 판단의 '이유'에 대해서는 생각하지 않는데, 이러한 요스케의 모습은 소설에 반복적으로 등장하는 '좀비'라는 키워드와도 이어진다. 이미 죽어서 사람을 물어뜯으려는 욕구만이 남은 상태, 무엇보다 '생각하지 않는' 상태라는 점에서 좀비는 요스케의 모습과 겹쳐진다. 경찰관에게 구속당하고 나서 편안함을 느끼는 마지막 장면 또한, 끝내 좀비처럼 폭주하게 된 자신을 막아주는 사회적 규범 속에서 생각하기를 포기할 수 있어서 편안함을 느끼는 것처럼 보인다. '사회화된 좀비', 이것이 작가가 그리는 새로운 시대의 인간 군상은 아닐까 싶다.

《파국》에 대한 아쿠타가와상 심사위원들의 평가는 찬성과 반대가 거의 반반이었다고 한다. 심사위원

중 한 명인 요시다 슈이치는 이 작품에 대해 등장인물이 신선했으며, 인간으로서 언밸런스한 느낌이 매력적으로 다가온 점에서 수상이 결정되었다고 했다. 호불호가 갈릴 수 있겠지만 신선한 작품임에는 틀림없는 것 같다. 쉽게 읽히면서도 해석의 여지가 많은 점 또한 이 작품의 매력이라는 생각이 든다. 독자들도 저마다 다양한 감상을 즐길 수 있는 작품이지 않을까 기대한다.

2020년 11월

옮긴이 김지영

초판 1쇄 발행 2020년 11월 18일

지은이 도노 하루카 遠野遥
옮긴이 김지영
편집 김혜영
디자인 형태와내용사이

펴낸 곳 해와달 출판그룹
브랜드 시월이일
출판등록 2019년 5월 9일 제2020-000272호
주소 서울특별시 마포구 양화로 183, 311호 (동교동)
E-mail info@hwdbooks.com

ISBN 979-11-967569-6-3 03830

- 시월이일은 해와달 출판그룹의 단행본 브랜드입니다.
- 책값은 뒤표지에 있습니다.
- 파본은 구입하신 서점에서 교환해드립니다.